El miedo del lobo

Carlos Enrique Freyre

El miedo del lobo

Papel certificado por el Forest Stewardship Council®

Primera edición: noviembre de 2022

Printed in Spain – Impreso en España

ISBN: 978-84-204-6253-0
Depósito legal: B-16688-2022

Impreso en Huertas Industrias Gráficas, S. A.
Fuenlabrada (Madrid)

AL62530

«Pero ¿cómo elegir entre el amor y la muerte? ¿Entre el pasado y el ignorado presente? ¿Y quién se creerá con derecho a echar en cara a otras esposas y madres que se quedaran junto a sus maridos e hijos? Junto a esos elementos radiactivos. En su mundo se vio alterado incluso el amor. Hasta la muerte. Ha cambiado todo. Todo menos nosotros».

SVETLANA ALEKSIÉVICH.
Voces de Chernóbil

«¡Ay, Víctor! Cuando lo falso se asemeja tanto a la verdad ¿Quién puede pretender ser feliz? Siento como si estuviera caminando por el borde de un precipicio y miles de personas trataran de empujarme para lanzarme al abismo».

MARY SHELLEY.
Frankenstein o el moderno Prometeo

«No hay manera de recoger las esquirlas en orden».
JOSÉ CARLOS YRIGOYEN.
Mejor el fuego

Primera parte

Para recrear el infierno, haz como yo:
siéntate a conversar con este lobo.

No puede ser que vaya a morirme justo hoy, pensó Aquiles.

Miró al otorongo[1] de ojos luminosos mientras buscaba algo con qué defenderse. Un palo, quizá una piedra. El animal lo estudiaba. No era un alimento habitual aquel que se le ofrecía. Pero tenía hambre. La cola se agitaba con ansiedad. La lengua sobre los colmillos. Aquiles lo sabía: faltaba poco para que diera el salto.

Continuó buscando en la tierra a su alrededor. Logró alcanzar una roca. La apretó en la mano con fuerza, esperó la embestida. Sin embargo, el animal continuó examinándolo. Le habló con desesperación. Quiso ser claro y preciso, sin levantar demasiado la voz. Sospechaba, y con razón, que sus perseguidores estaban cerca, y los ruidos en esa soledad podían escucharse a cualquier distancia. Aguzó el oído: los sonidos en la selva se coludían con la oscuridad, la maleza y las raíces y las bestias, y sus espantos perdían su gobierno y se transformaban en un remedo de seres vivos. Con los labios temblando, le dijo: «no puede ser… justo hoy…», como si el otorongo pudiese entender la importancia de aquella fecha. «Hoy no», balbuceó. Había esperado aquel momento casi doce años, es decir, casi ciento cuarenta y

1 Durante el relato, Aquiles contó que ese encuentro fue con un «tigre». Se le explicó que en el Perú no había tigres, solo pumas y otorongos. Él insistió en que se trataba de un «tigre». Se le mostró fotografías de los felinos que habitan en la Amazonía peruana y señaló al otorongo. «Ese es el tigre», dijo.

cuatro meses, cuatro mil trescientos ochenta jornadas. Necesitaba sobrevivir.

El otorongo no parecía escucharlo. Dio un paso hacia él, y fue entonces cuando Aquiles decidió lanzarle la piedra. El animal la esquivó de un salto, y se desbarrancó por una quebradilla. No tenía tiempo que perder. Imaginaba que el resto de camaradas estaría muy cerca. Reemprendió la carrera. Corrió seis horas sin parar. Se abrió paso entre la espesura, las espinas, las corrientes de agua, las quebradas infestadas de murciélagos, las cataratas.

En aquella huida, la noche se le había aparecido con sus bandadas de luciérnagas que encendían la arboleda. No sentía cansancio. No debía sentirlo. Tampoco dolor, a pesar de que poco antes había estado a punto de morir estrangulado al saltar desde un puente a un río y quedar enredado en un árbol. Sabía que si se dejaba ganar por el agotamiento lo alcanzarían y lo descuartizarían. Era lo que se hacía con los traidores. Era un traidor.

Exhausto, se orientó gracias a las luces tenues de un caserío. «Hoy no», se dijo. Casi lo estaba logrando.

I. Los arrasados

Habían pasado casi doce años desde que Aquiles fue capturado junto a quince miembros de su familia. Casi cuatro mil trescientos ochenta días desde aquella madrugada en que escuchó gritos en Alto Sondobeni, su pequeña comunidad en la cuenca del río Perené:

—¡Levántense! ¡Saquen sus cosas! ¡Vienen los ronderos! ¡Los van a matar! ¡Salgan!

Aquiles observó las sombras a través de la empalizada. Nunca había visto tanta gente arremolinada en los contornos de las cabañas. Entre nativos y colonos eran cerca de ciento cincuenta personas, y sus fusiles y escopetas se dejaban ver abiertamente. Miró a su abuelo. Se llamaba Pablo Lindo y era un guerrero conocido en las comunidades diseminadas en la cuenca. Tenía la complexión de un tronco para resistir los extremos de la naturaleza; un par de manos como garras para domesticar la jungla y unos dientes que servían para cualquier cosa menos para dibujar una sonrisa.

El abuelo medía un metro sesenta y ocho, aunque sus partidarios decían que su talla era uno setenta y dos, y sus enemigos uno con ochenta. Conforme los caseríos se alejaban, sus capacidades imaginarias se acrecentaban, hasta convertirlo en un hombre-roca, un hombre-árbol o un hombre-espíritu. En una región de continuas pullas, donde las guerras servían para demostrarle a la gente que estaba viva, existían en uno u otro punto seres como él, cuajados en la dualidad de la vida: labrar la tierra y pelear por ella. Llamó a su familia, en su idioma de vocales alargadas:

—Hagan caso, hay que salir a escucharlos —les dijo.

Habló sin perder la calma, con el temple que usaba para cazar. Los senderistas lo venían persiguiendo hacía varios meses, bien informados sobre su pasado. Temían que su liderazgo lo convirtiera en un estorbo. Además, tenía la rara fortuna de poseer cinco escopetas. Cuando vio a la turba, Aquiles recordó con nitidez que, días antes de esa madrugada, trayendo hojas de *kapashe* para techar una casa, su abuelo percibió una anomalía en la atmósfera, un vaho a tufillo rancio que abrazaba la selva. Le dijo a su nieto:

—Tú anda más adelante.

Aquiles hizo caso y avanzó un poco más rápido. Durante esa tarde, había logrado cazar un majaz pardo de manchas blancas. Lo llevaba sobre el cuello, rumbo a casa para la cena. Dio unos pasos más por un trecho, hasta que llegó al camino principal y oyó voces. Las voces le ordenaron que se detuviera y recién pudo ver de quiénes se trataba. Eran *los rojos*, los senderos. Más que sus rostros desconocidos y avejentados por la intemperie, le llamaron la atención sus fusiles de guerra. Él solo conocía las escopetas de su abuelo, con sus culatas partidas y provistas de la propia simpleza de su función, es decir, conseguir carne para echar a la leña.

La solidez de los fusiles automáticos que portaban *los rojos* era imponente. No había que escuchar el estampido de su percusión para saber que el daño que producían era desproporcional si se le comparaba a las cazapatos de los comuneros. Era evidente que los fusiles podían barrer una aldea entera. Esa vez, fueron tres hombres y dos mujeres.

—¿Dónde está tu abuelo? —le dijo una de ellas.

—Viene atrás —respondió Aquiles.

—¡Ese brujo! —dijo nuevamente la mujer—. Seguramente que no viene.

—Sí viene, yo venía con él. Estábamos recogiendo hoja.

—¡Es brujo! ¡Lo sé!

Aquiles no comprendió lo que quiso decir la mujer, pues para él los brujos tenían que ver con la magia y el curanderismo. En el mejor de los casos, el abuelo poseía un sentido de intuición afilado. De los brujos sabía cosas. Que realizaban amarres, que vengaban, que los maleros causaban daño, que hablaban con seres invisibles. A Aquiles no le parecía que su abuelo fuera un brujo. Se dirigieron hacia donde les había señalado, pero Pablo Lindo no estaba: ya se les había escabullido.

Esa noche de enero, la lluvia y los truenos se confabularon para que no se les oyera venir. Los mandos terroristas venían fallando en sus intentos por capturarlo; sin embargo, consideraban que se trataba de una cuestión de tiempo. No tenía hacia dónde huir. Aunque el monte puede parecer inmenso, la memoria de los hombres que lo atraviesan lo hace pequeño. Acertaron. Con sus quince familiares distribuidos en las cabañas y absolutamente rodeado, Pablo Lindo se dejó llevar.

Apagaron los pequeños fogones donde cocinaban los gusanos para el postre y fueron saliendo, arropados de miedo, al descampado. Los hicieron formar y les recitaron un discurso político del que Aquiles no entendió una palabra.

Al frente estaba el camarada Gavino. Sus palabras eran incomprensibles: «Somos el Partido Comunista, totalmente opuesto y distinto a los demás partidos, con el objetivo de tomar el poder político, así lo definió Marx. El presidente Mao Tse Tung desarrolló la construcción del Partido en torno al fusil y planteó la construcción de los tres instrumentos. El presidente Gonzalo establece la tesis de la militarización de los partidos comunistas y la construcción concéntrica de los tres instrumentos».

Continuó varios minutos. Los demás asentían con aprobación falsa. Al acabar, Gavino les ordenó que dejaran sus cosas viejas y separaran las nuevas. Aquiles no sabía qué era lo nuevo ni qué era lo viejo. Gavino gritaba que si no lo hacían pronto, o los mataban los ronderos o los mataban los soldados o los mataban ellos. Con seguridad, eso sí, no verían el día siguiente.

—¿Hasta dónde iremos? —preguntó Pablo Lindo.

—Hasta el cerro Tigre —le respondió la camarada Clara.

Aquiles recordó la vez en que aquella mujer dijo que Pablo Lindo era un brujo. Era muy alta[2] para el promedio —incluso para el caso de los varones—, y tenía el cabello ondulado y su piel, a comparación de las demás, era blanca, como si el sol en vez de dorarle la piel, la despigmentara. Parecía que exudaba vapor. Aunque nunca se supo su identidad, era probable que hubiera tomado prestado su apodo de combate de una de las primeras y más enardecidas mandos senderistas de los años 80: Elvira Ramírez, responsable del Comité Zonal Principal de Ayacucho y una de las líderes del asalto a la cárcel de Huamanga, en marzo de 1982. Por lo demás, fuera ese su caso o no, poseía un ímpetu que no tenía nada que envidiar al de su antecesora.

Iniciaron la subida hacia el cerro Tigre. Además de su abuelo, estaba con Aquiles su abuela, Bertha, y Lola, su tía. También sus primos, Flavio, Morote, Rodríguez, Margarita, Néstor, Rosendo, Maruja y Nelson; y Nelly, su hermana. Los menores fluctuaban entre los dos y los catorce años de edad. Solo sobrevivirían Nelly y Bertha. Los demás serían asesinados, indistintamente, durante el tiempo que duró el secuestro. Ese día, el padre de Aquiles,

2 Aquiles relató que medía 1.82 metros. Inicialmente, se creyó que era posible que el recuerdo de ese tamaño inusual para una mujer en el Perú tenía que ver con la edad de Aquiles cuando ocurrieron los hechos que derivaron en su secuestro; es decir, unos ocho o nueve años. Pero posteriormente, Aquiles alternó con Clara hasta su muerte, que ocurrió una tarde en que un sargento del Ejército se acercaba a un punto de agua y ella esperaba para asesinarlo de un tiro. Aquiles contó sobre este hecho: «el cachaco era pendejo y vino disparando para que pueda sacar el agua y una bala rebotó en las piedras y cayó en la cara de la camarada Clara. Murió. El camarada José —su marido— se sintió muy mal».

Juan García, había ido a buscar munición para la caza y esa decisión lo salvó de la masacre familiar.

De su madre, Rosario, que tampoco estaba, solo sabía lo que le contaron. Que se enamoró de un maderero en una fiesta y se escapó con él. No se acordaba de su rostro, la imaginaba en los rasgos de sus tías o de sus otros parientes y se decía: «Así sería mi mamá, la Rosario Paredez, la que se fue». Recién pudo conocerla a los veinticinco años de edad, cuando la buscó para perdonarla y se dio cuenta de que no se parecía en nada a la mujer que había imaginado. Era resueltamente bella entre las nativas del Perené, y ese fue su boleto premiado.

El ascenso fue largo. Tuvo que llevar su equipaje, incómodo y pesado para un niño. Además, en pleno invierno selvático, la trocha estaba hecha un lodazal y pronto el sopor del éxodo se mezcló con el aliento de los caminantes. Era irrespirable. Casi al fin de la tarde, Pablo Lindo hizo un reclamo:

—Nos quedamos aquí. Este es el cerro Tigre. Tenemos que volver a nuestra aldea.

—Si quieres, lárgate —le gritó Gavino—. Eso sí: ni bien comiences a regresar, mataremos a toda tu familia, empezando por los niños.

Le creyó. Convenció a su familia de la inutilidad de resistirse. Debían saber cuándo callar; si se protestaba, el carnicero podía alterarse y, si empezaba con unos, acabaría con los demás. Lo peor aún estaba por aparecer. Al subir un último peldaño de lodo, llegaron a San Miguel. En ese caserío, los ronderos habían tratado de resistir, unos días antes, el embate de otra columna terrorista. Todos los habitantes habían sido eliminados y, con ellos, habían arrasado con la memoria de lo ocurrido.

Murieron casi cien personas[3]. Como armas usaron puñales, machetes e instrumentos de labranza. Los cuerpos fueron abandonados a la intemperie, de manera que cuando Aquiles y su familia ingresaron al caserío, contemplaron una escena que parecía capturada del infierno: cadáveres devorados por una jauría de perros hambrientos, atraídos por el olor de la muerte. Se disputaban los brazos, las piernas, las manos. Gruñéndose entre ellos, devoraban en algunos casos a quienes fueron sus propios dueños. La locura trasladada a las fauces de los animales. Si el infierno tuviera postales, sería una de esas.

—No tienen más opción —les dijo la camarada Clara—. Tienen que seguirnos si es que no quieren terminar así, como esa mesnada. Pobres reaccionarios.

***

Después de abandonar San Miguel, Aquiles, su familia y los demás secuestrados caminaron dos meses y medio sin detenerse, abriendo trocha para evitar los caminos. Cierto día aparecieron en puerto Asháninka, una explanada donde el río Ene dibuja una curva enorme. Cruzaron al margen opuesto en las chimpas[4] requisadas a los portuarios de los pueblos contiguos y fueron acumulándose en pequeñas oleadas.

A esa altura de la caminata, a Gavino y Clara se les sumaron otros dos mandos. Sus nombres eran Adolfo

3 Se le preguntó a Aquiles por la cantidad de cadáveres que vio y sobre por qué estaba seguro de que eran más de doscientos. Respondió: «Porque después de ser tan compañero de la muerte, uno termina sabiendo cuánto mide un cadáver. No importa la raza o el color o la edad, para la muerte son todos iguales. La gente se hace del mismo tamaño. No conté los cuerpos, solo calculé cuánto medía el campo».

4 Nombre local con el que se conoce a las embarcaciones fluviales en la selva peruana.

y Rodolfo. Cada grupo de familias tenía cuidado de no hacer visibles sus molestias, pues los reclamos podían ser atendidos a balazos. Desde que abandonaron Alto Sondobeni, recorrieron casi cuarenta y cinco kilómetros a través de los lodazales.

El agotamiento físico de Aquiles y sus primos se transformó en ampollas y heridas en los pies. La caminata no tenía fin y parecía dirigirse hacia un lugar perdido del cual nadie sabía cómo retornar; un fondo de mar inhabitado, una caverna profunda y sin eco.

Pablo Lindo trataba de mantener la postura, sin embargo, su espíritu fue cediendo ante la posibilidad de que los niños fueran asesinados a filo de machete si intentaba pelear. A la vista de todos se mantenía sólido, pero por dentro estaba derruyéndose, como un tronco consumido por las termitas.

Avistaron el imponente río Ene, que por esa época del año se encontraba en la plenitud de su caudal. Al cruzar a la ribera opuesta, descubrieron un enorme campamento. Tenía un patio central para formaciones y chozas de empalizado con una simetría dispuesta en los cánones comunistas. Por la estricta disciplina parecía una escuela de formación militar[5]. En realidad, lo consideraban así. Los terroristas vestían uniformes proporcionados por el Partido y cuando vieron a Aquiles y su familia vestidos de civil, los miraron primero con curiosidad y luego con burla; con la superioridad moral de quien ha llegado primero al infortunio. Pronto Aquiles se enteró de su nuevo estatus. Un viejo casi sin dientes que esperaba con alegría rancia el cruce de puerto dijo:

—Son los nuevos arrasaditos.

---

5 Aquiles conocería —y en cautiverio participaría de su construcción— varios de esos campamentos, de similar estructura, que tratan de imitar un cuartel militar, con zonas de comedores, almacenes, cabañas para el descanso, puesto de vigilancia, patios de entrenamiento y oficinas; con el paso del tiempo, buscaban ser abiertos debajo de la tierra para evitar la vigilancia desde el helicóptero.

Aquiles no entendió el término. En el campamento, el comisario Iringo, un hombre de cobre, panza adoquinada y cabello sin ley, les asignó una choza y, al igual que Gavino, comenzó a hablar de la política del Partido y del «pensamiento Gonzalo».

Algunos días después, aparecieron centenares de hombres. Aquiles reparó en que este grupo tenía más armamento y lucía una vestimenta diferente. Más tarde supo que se trataba de la Fuerza Principal, compuesta de mandos de alta y mediana importancia en el Partido. A ellos pertenecían Clara, Gavino, Adolfo y Rodolfo, los que arrasaron con su poblado. Quizá ahora comprendía que existían jerarquías y los de mayor rango eran los responsables de gestionar el miedo.

Otra de las cosas que supo fue que la columna estaba incompleta. Comentaban que se habían enfrentado a una fuerza de ronderos, marinos y soldados y que debían de salir pronto de ese campamento. Escuchó por primera vez la voz de José[6]:

—La masa debe salir de aquí y moverse más al monte.

Los arrasados se habían vuelto masa. Aquiles comprendió que aquella masa de la cual él mismo formaba parte tenía menos valor que la masa de un pan; el pan alimenta a los hombres, es un bien apreciable, mientras que él y su familia apenas eran un estorbo. Iringo les informó que pronto saldrían de allí.

—Hacia Laguna —dijo.

Hubo noticias acerca de que las rondas y las tropas acantonadas entre Satipo y Pichanaki iniciarían una ofensiva sobre los ríos Ene y Tambo. Ello apuró el inicio de un nuevo peregrinaje. Los mandos los reunieron para explicarle que

---

6 Victor Quispe Palomino, camarada José, tiempo atrás, camarada Martín. Aquiles afirma que también se hizo llamar Iván.

la reacción[7] venía por ellos, solamente con la intención de matarlos, y se ocuparon de que ese rumor se conviertiera en una certidumbre.

—Hermanos, camaradas, camaraditas: ronderos y soldados harán una carnicería que no saben, peor que la de San Miguel. No solo serán perros, se sumarán buitres, jaguares, alimañas de monte; ya saben, camaraditas.

Aquiles recordó la escena en San Miguel. Se imaginó uno de ellos, tirado sobre el campo, putrefacto, comido por un buitre. Primero los ojos. Breves y ardientes picotazos en el izquierdo, luego el derecho. Se imaginó hinchado, sin poder ver con claridad al maldito pájaro que ahora picoteaba su cuerpo indefenso, desollado. No soportó mucho tiempo aquella visión.

Reemprendieron el éxodo. Tras otra marcha de varios días, con las mismas restricciones, llegaron a Laguna. No había rastros de que hubiera existido ahí una fuente de agua. El lugar era un páramo seco, donde la selva pierde su temperamento: se puede ver la verdadera piel de las montañas y la atmósfera viene con otro aire, menos sofocante. La lluvia había cedido y parecía que el andar se hacía más amable. Se encontraron con otros niños, ancianos y mujeres arrasados quienes, con algo de buena estrella, serían empleados para sembrar yuca, pituca, maíz y rabanitos. Era extraño, pero a pesar de que cada vez el grupo era más numeroso, el silencio era mayor, enorme, profundo. Eran un patíbulo en movimiento. Aquiles recordó las palabras de Clara:

—Los únicos que tienen derecho a reclamar y hacer bulla aquí son los muertos.

A pesar de las previsiones que tomó la Fuerza Principal, la tropa de ronderos y soldados que cruzó el Ene y el Tambo

---

7 Forma en que los senderistas denominan a los miembros de las Fuerzas Armadas y policiales en el Perú.

los alcanzaron, asaltándolos por donde menos los esperaban. Poco antes del asalto, Bertha, la abuela de Aquiles, le pidió que consiguiera un choclo. Un choclo en medio de la selva era un imposible, pero Aquiles quiso tomar el riesgo. Se adentró por un matorral. No halló la mazorca. En cambio, descubrió un atado de pituca y lo arrancó de raíz. Volvía para unirse con la masa cuando escuchó la orden de una garganta desconocida: «¡Alto!». No era un mando ni un delegado, sino una pareja de soldados. Aquiles soltó el atado de pituca y echó a correr.

Mientras corría escuchó alaridos, balas, voces de deténgase, quién vive, qué gente, para carajo, mierda, y aunque estas voces sonaban cada vez más lejanas, temía que la trayectoria de un proyectil pudiera alcanzarlo. No supo, sino con los años, que la incursión en Laguna permitió el rescate de Nelly, su hermana, y de Bertha, su abuela.

Cuando sus piernas no pudieron más, Aquiles se escondió y lloró bajo el manto de la vegetación. Se dio cuenta de que estaba absolutamente solo[8]. Por esos días, no sabía precisamente en qué fecha vivía, debía haber cumplido los nueve años[9].

Exhausto por su propio llanto, Aquiles durmió. En el sueño, jugaba al fútbol, pero no con sus primos, como hubiera querido, sino con los mandos. La pelota no era una esfera de plástico, sino la cabeza decapitada de un arrasado. Las cabezas viajaban por los aires, sin quejarse, como la masa muda, y la paraban de pecho o con los muslos y los mandos hacían alardes de qué tan buenos eran dándoles puntapiés y él, en el sueño, trataba de evitar el contacto, y, si irremediablemente la cabeza llegaba donde él estaba, trataba de darle sin violencia y entonces Adolfo o Rodolfo o el comisario Iringo o José le decían:

8 Aquiles comentó al respecto: «Sentí que yo era un lobo solitario».

9 Su fecha de nacimiento y su edad se las reveló su padre, cuando lo volvió a encontrar, en el año 2004.

—Aquiles, patea fuerte. ¿O quieres que mejor juguemos con tu cabeza?

En la somnolencia sintió un silbido. Nervioso, se escondió detrás de una enredadera. Dos o tres veces más silbaron. Concluyó que no podía ser un soldado, porque los soldados eran como la Fuerza Principal, nunca andan aislados y sin armas y, definitivamente, ya habrían venido por él. Decidió salir y dirigirse hacia donde provenía el llamado. Una mujer le salió al encuentro y lo reconoció. Era la camarada Rocío.

Llevaba el cabello corto, peinado de costado, con una raya varonil que no se hacía a propósito, sino que se quedó allí, como una marca de su carácter. Rocío pertenecía a los militantes armados, y sabía que en caso de un evento adverso tenía que dirigirse al punto de reencuentro, llamado Nenquechani, en donde se reagruparían a la espera de nuevas disposiciones. Aquiles supo que su escape lo había librado de la muerte, pero no de los terroristas.

El punto de encuentro era un pequeño campamento recóndito con diez chozas dispersas en un pequeño claro, al norte de Laguna. Mientras caminaban, Rocío le hablaba de su futuro, cuando creciera un poco más, tendría las condiciones para ser un guerrillero. Incluso un combatiente de élite: «Eres muy caminador, chiquito. Cuando entres al Partido y seas un militante seguro serás un mando. Ya te forjarás». Él sentía algo parecido a la ilusión. Se lo decía con tal emoción que por momentos Aquiles alternaba el miedo que lo acompañaba con la esperanza de un futuro distinto. Un futuro que, poco tardaría en descubrir, no existía.

***

Yo soy un soldado. No por el grado que ostento, ni por el estamento al que pertenezco en el escalafón militar, sino porque es una forma más pura de decirlo. Quizás suene mejor decir «un soldado profesional» o un «oficial de armas». Creo que, en este caso, la riqueza está en la sencillez. No solo porque uso uniforme o llevo el cabello corto, o porque abro los ojos a las cinco de la mañana, incluso si he dormido apenas una hora. Soy un soldado porque entiendo lo que eso significa. Me formé académicamente en la Escuela Militar de Chorrillos, por donde también pasaron oficiales que, de una u otra manera, son harto conocidos en la memoria de la nación. En unos casos porque fueron presidentes de la República o porque dejaron huellas. Era consciente de eso porque los fines de semana, en casa, leía libros de Historia e imaginaba a los personajes transitando por los mismos pabellones donde mis compañeros y yo aprendíamos el régimen. En la escuela no pensaba en otra cosa que en ser un cadete eficiente, un futuro oficial al servicio de su país.

Recuerdo con detalle la primera vez que esto ocurrió. Recibí un memorando que decía que mi puesto sería en el Batallón Contrasubversivo Nro. 21 de Huancané, en el departamento de Puno, a casi tres mil novecientos metros sobre el nivel del mar. Me junté con otros cuatro oficiales a los que les dieron esa misma asignación —Paoli Benites, Alexander Bastidas, Antonio Ramos y Enrique Cabrera— y convinimos en encontrarnos tres días más tarde en Juliaca.

Nuestro recibimiento no fue glamoroso. Estábamos destrozados por el mal de altura, y llegamos a un paradero donde alquilamos un transporte que nos llevó hasta el mismo Huancané, al norte del lago Titicaca. Los cinco estábamos impresionados por la geografía, hermosa y amenazante, con nubarrones que solo conocíamos en los libros y la inmensidad del espejo de agua, cuya orilla opuesta se perdía en el horizonte. El viaje demoraba poco menos de una hora por una carretera de trocha que separa el gran lago de la laguna Arapa. Lago y laguna en ocasiones, cuando las lluvias no dan tregua, se unen y entonces las combis son reemplazadas por botes a remo.

Huancané es un pueblo pequeño con una iglesia colonial de dos campanarios. Al norte se alza el cerro Pokopaka, cuya cúspide está coronada por una cruz enorme, a la que los fieles solían subir la primera semana de mayo, en un peregrinaje que servía para expiar sus culpas. Nos recibió un capitán de infantería llamado Juvenal Rueda. Fumaba un cigarro cuyo humo en círculos se mezclaba con la neblina. Antes de que le dijéramos nada, nos preguntó que cuándo habíamos salido de Lima. Le respondimos que hacía tres días; que el reglamento de servicio en guarnición especificaba que teníamos hasta siete para hacerlo. No terminamos de explicarlo cuando el capitán, que parecía haber peleado todas las guerras del país, lanzó la última bocanada de humo y nos dijo:

—¿Ah sí? ¡Siete días! ¡Los flamantes subtenientes tenían siete días para venir! Y una pregunta. ¿Ustedes son casados? ¿Traen un camión de mudanza y una mujer, hijos o su perro?

No supimos qué responder. Después de maldecirnos, nos ordenó que cargáramos una enorme viga y fuéramos a correr alrededor de una cancha de fútbol. A tres mil novecientos metros y viniendo del llano, sin oxígeno, sentimos que las luces se apagaban.

A pesar del mal humor de los capitanes, nos fuimos acostumbrando al nuevo régimen, al frío y a los truenos y relámpagos. Pronto, asistí al sofocamiento de un motín de terroristas en el penal de Yanamayo, a las afueras de Puno. Al poco tiempo, el comandante Humberto García Rodríguez ordenó que fuéramos a verificar los hitos de la frontera con Bolivia. Era parte de un procedimiento que se hacía un par de veces al año. Además de lo sorprendente que resultó para mí recorrer la frontera, altísima e inhóspita, con una sección de soldados que me repetían que, sea como sea, debíamos llegar en la noche a algún poblado, si no nos congelaríamos, me llamó la atención una vivienda surgida de la nada. Estaba en el medio de dos hitos de frontera, de manera que la parte delantera estaba construida en el Perú y la trasera, en Bolivia. «Una casa internacional», bromeaba la tropa. Seguimos caminando por ese límite, a orillas del río Suches y entre dos cumbres, por el filo de un acantilado sinuoso, llegamos al lugar donde nacía el río. Era de noche y la sensación de que me estaba convirtiendo en un témpano se hizo evidente. El país se hacía enorme, de verdad. Recorrerlo a pie convertía los mapas en una experiencia insignificante.

Yo creía que aquellas experiencias merecían relatarse más allá de quedar en un informe militar. Había leído las extraordinarias crónicas del capitán Pedro Cieza de León. De alguna manera, recorría esos mismos páramos casi medio milenio después y, curiosamente, mantenían su identidad solitaria; la sinuosidad de sus abismos, la hostilidad de sus vientos. Fue allí, en las alturas de Puno, al borde del congelamiento, que pensé seriamente en escribir. No en ser un escritor precisamente, sino en una suerte de cronista, un pequeño Cieza que anotara las palpitaciones del país, de su cuerpo, de sus membranas calientes.

***

Varios años más tarde, en Madrid, mientras descansaba luego de celebrar con amigos la presentación de una de mis novelas en la librería Nakama, caí en cuenta de que mi celular estaba descargado. Me levanté a darme una ducha, mientras dejaba que el aparato reviviera. Hice memoria de la noche anterior: cuando acabó la firma, pasamos a un café cercano. Era un conciliábulo al que ese grupo de madrileños llamaba «vermú poético».

Nakama no era una librería extensa ni aspiraba a serlo, y esa era su sabor. La administraba Rafael Soto, un librero nacido en el municipio de Guadalajara, quien llevaba la librería con el empeño estadístico de quien tiene el control de una tienda por departamentos. Después del vermú, pasé la noche con los libreros, conversando, hasta que cedí al sueño y volví al Barrio de las Letras.

Salí de la ducha y, al encender el celular, recibí una batería de mensajes. Estaban los del trabajo. El mayor Rodolfo López me informaba de las novedades del batallón. Mi tía Ana Rosa preguntaba algo desde Miami. Asuntos de rutina o de gente que no sabía que estaba de viaje. Sin embargo, el de mi novia, con quien andaba en franca caída libre, fue el que más me preocupó. Decía: «Eres de lo peor. Me la hiciste de nuevo. ¿Dónde estás? ¿Por qué apagas el celular?». Moví la cabeza y supuse que se aproximaba una nueva tormenta. No se trataba de una «raya más al tigre»; en mi caso eran múltiples cicatrices sobre el lomo de un perro callejero.

En el país que yo había conocido, los pleitos se solucionaban a besos. El amor era un asunto físico, no con los dedos caminando sobre el teclado de una pantalla. Lo más inalámbrico que podía existir en nuestro amor latino eran los besos volados, no un ataque de *hackers*.

Iba a responder, pero decidí postergarlo. Apesadumbrado, me detuve en el último de los mensajes. Lo enviaba un tal Aquiles. No era un mensaje largo, apenas una pregunta:

¿Usted hace libros?

Sonreí al leer aquella pregunta. ¿Hay otra forma de expresar el arte/oficio/profesión/vicio de escribir? ¿Redactar, hacer, confeccionar, inventar, ficcionar? Le respondí que escribía libros. O sea, que era un escritor. Un oficial del Ejército y un escritor.

Tengo una historia, me respondió Aquiles.

No me resultaban ajenas estas proposiciones. En la mayoría de los casos, eran descartables, aunque podía diferenciar casos valiosos de los que eran corrientes. Mi sentido común para advertir historias valiosas se activó. Leí:

Yo sé una historia desde 1992 hasta 2003, ahora mi vida ha cambiado. A mí me llevaron cuando tenía ocho o nueve años. Escapé de ellos el 2003. Yo busco a alguien que pueda escribir un libro.

¿Estuviste tantos años en cautiverio?, le pregunté.

Sí. Muchos años. A usted lo ubiqué por su libro, el que escribió sobre Somabeni. Había un tal Zacarías al que lo capturó el Ejército. Por Mayurpiteni. No vaya a pensar mal, solo lo ubiqué por su libro. Yo conocí a todos los mandos terroristas. ¿Quisiera saber más?

Ok. Dame tu número. Te contactaré cuando regrese de viaje.

Me vestí para asistir a la función de estreno de *Esto no es la casa de Bernarda Alba*, una puesta en escena de la obra de Lorca en la versión del director José Manuel Mora. En el camino a la calle Bermúdez, volví a leer los mensajes de Aquiles, y me puse a pensar en qué tipo de resistencia se necesita para sobrevivir tantos años en cautiverio. Yo conocía esos lugares. Había temblado en ellos.

***

Una tarde, un pequeño contingente armado que venía reuniendo dispersos les dio alcance y los condujo hacia la playa del río Ene. Las noches que duró esa enésima travesía, sin dejar una sola, Aquiles lloró. Todas, sin excepción. Con unas lágrimas tan gruesas que lo deshidrataban. Rocío se daba cuenta de su llanto y lo consolaba:

—Cuanto tomemos el poder, chiquitín, tendrás ropa nueva. No sé de qué color, pero será ropa nueva, cosida por las manos de los proletarios.

—¿Y qué es el poder, camarada?

—El poder es la esperanza de los valientes como tú. Es cuando lo tienes todo.

—¿Y qué cosa es «todo»?

Rocío pensó por hallar una respuesta.

—No lo sé. Por lo menos, es algo más de lo que tenemos ahora.

Ya no tenía zapatos y veía cómo las grietas se iban abriendo paso en las plantas y las ardeduras se multiplicaban. El sol terminó de destrozarle la vestimenta. El calor le daba de sablazos en la espalda como quería y los caminos dejaban huella en sus pies, en vez de que sus pies dejen huellas en los caminos. Una madrugada de esas, cuando ya había llorado hasta la última lágrima, aparecieron en Selva Verde[10].

Selva Verde era un nuevo campamento de masas, levantado sobre la base de una antigua comunidad, que tenía una explanada, una altura boscosa y, lo más importante, dos ríos que le ofrecían una protección natural. Quien quisiera acercarse solo podía planificarlo en la parte más seca del año y, además de eso, las cubiertas para tiradores prácticamente dejaban cualquier ángulo ciego al descubierto. Quedaba a unos once kilómetros al norte de la antigua misión Cutivireni, mirando la margen derecha.

Fue un retorno infeliz. Nuevamente experimentó esa sensación de fantasmas, en la que el ruido era menor conforme aumentaban las personas. En donde nadie se alegraba de ver al otro, mucho menos si era su familia, pues sentían, de una u otra manera, que les tocaría morir juntos. Después de un rato, vio al camarada Gavino, con

10 Selva Verde está ubicado en las coordenadas 11°48'32.06"S - 73°56'38.91"O, en el departamento de Junín.

su pose de maniático, dando órdenes a la masa, hasta que se dio cuenta de que muy cerca de Gavino se encontraba su tía Lola. Quiso saludarla; era el único pariente que tenía cerca o por lo menos que sabía que seguía con vida. Ella lo detuvo con la mirada. Fue un gesto tan directo, que sobrepasó el cerquillo que montaba la frente y recién se percató de que se había hecho mujer del mismo senderista que la secuestró. Estaba con sus dos pequeños hijos. Se llamaban Nelson y Maruja. A ellos sí los saludó y pudo verlos de vez en cuando, a la hora en que comían o cuando se juntaba a la masa para el adoctrinamiento.

Los días posteriores fueron de silencios, discursos revolucionarios y, sobre todo, hambre. No había qué comer y si acaso aparecía algo de la pesca, se reducía a mendrugos, tripas, agua y más tripas. En Selva Verde, lo poco que llegaba debía repartirse entre cientos de hambrientos. Estaban secuestrados por varios frentes: por la revolución del Partido, por la inanición, por los fusiles, por los delatores, por la hambruna, por las enfermedades. Una tarde, su tía Lola se le acercó. Aquiles la vio, con el semblante desencajado. Ella le dijo:

—Me voy a ir, Aquiles.

—¿A dónde, tía Lola? —le preguntó.

—Para Anapati.

—¿Y por qué te vas?

—Porque me he quedado sin corazón.

—¿Sin corazón? ¿Cómo que sin corazón? ¿Quién te ha dicho que te vayas?

—Mi esposo. Gavino. Ya me despedí de los niños.

Lola se puso a llorar. Lloraba sin lágrimas, solo con un pequeño gemido, como cuando un animal salvaje pierde una cría en las garras de un depredador. Aquiles entendió que algo malo estaba tramándose y lo comprobó al amanecer siguiente, cuando se tropezó con unos pequeños moribundos en el camino a la letrina. Eran quince niños, hinchados por la falta de comida. Tenían los cabellos amarillentos de anemia y respiraban con dificultad. No quiso entreverarse con ellos.

Subió por un montículo contiguo y se escondió entre unos bejucos. Desde allí pudo descubrir, con terror, a sus primos, Nelson y Maruja, que parecían ser los más fuertes, pues todavía tenían la capacidad de llorar de hambre. Sus ejecutores aparecieron, con automatismos de obrero. Gavino ordenó que cavaran la fosa rápido, que el tiempo no sobraba, que debían partir pronto. Que no podían llevar a esos moribundos, que retrasarían la marcha, que eran quince bocas que no producían, que eran puro gasto.

Y mientras Gavino hablaba, los obreros, como máquinas eléctricas, hacían hueco, rápido, con las palas y Aquiles miraba desde su escondrijo las reacciones de los niños: estos no se daban cuenta de lo que ocurría a su alrededor, era como si les estuvieran preparando la tarima para hacer tuto. No tenían fuerzas para arrastrarse, solo lloraban. Cuando el hueco estuvo listo, los acomodaron uno al lado del otro como un mero trámite para que cupieran en la fosa y comenzaron a enterrarlos vivos.

Maruja se acurrucó junto a Nelson, lo abrazó con ternura y volteó la cara para que la tierra no le golpeara sus ojitos. La tierra les fue lloviendo y ella lo fue cubriendo para que su hermanito no sintiera miedo. Poco a poco fueron desapareciendo; primero, tomando el color de la tierra y luego convirtiéndose en el propio suelo. Gavino[11] esperó para comprobar que no quedaban rastros y que la tierra estaba sólida sobre los cuerpos. Pisó y dio golpes con un palo. En eso, levantó la mirada y descubrió a Aquiles. En realidad, lo estuvo viendo todo el tiempo, solo que recién en

11 Con respecto al camarada Gavino, Aquiles relató que posteriormente se escapó del Partido y que varios años después lo encontró, completamente libre, en un poblado cercano del río Apurímac. Nunca fue capturado, posiblemente por problemas de identificación, y hace una vida normal en esa zona del Perú.

ese momento se puso a decirle con ese timbre de amenaza que le era tan característico:

—Tú, vete al campamento, antes que te entierre también.

Aquiles salió de su escondrijo y corrió. Gavino ordenó a los hombres que organizaran a la masa para iniciar la retirada. Fue la primera ocasión en que escuchó el nombre de ese lejano lugar:

—Hacia Soldamiento. Vienen los cachacos —les dijo.

Aquiles volvió donde los demás. Antes de reunirse con ellos, se puso en el lugar donde observó el entierro y pasó con cuidado. No quería hacerles más daño, pisándolos. Vio a su tía Lola por última vez, ese día, antes del pase por el río. No se acercó a hablarle. Gavino estaba en la misma embarcación y se sentó cerca de ella, como un marido más. ¿Qué podía decirle si ya no tenía corazón? La canoa tomó un impulso y abrió la rompiente, haciendo surcos sobre el agua, y la vio perderse antes de tocar la banda opuesta.

Se fue haciendo un punto sin corazón, un cuerpo sin corazón, una madre sin corazón. Quizás solo quería vivir y Gavino era esa garantía de aferrarse a la vida. Vivir la vida sin un corazón era lo mejor; pero ni para eso le sirvió. Cuando anduvo por Anapati, fue condenada a muerte por tener anemia. No podía caminar, y por su debilidad se hizo una carga para la masa y a Gavino se le acabó el amor. La ejecutaron con una cuerda. Total, Gavino tenía en esa época tanto poder, que podría encontrarse alguna otra mujer; una más sana, y no esa tan viejísima, de veinticinco años.

II. Aquiles conoció el tiempo

—¿Por qué estás triste? —le preguntó el señor Álvarez.

Aquiles levantó la vista y lo encontró con la sonrisa verde por el *chacchado* de hoja de coca. No tenía la pasta de los camaradas acérrimos de la Fuerza Principal, sino un semblante amigable, parecido al de un tío mayor, de esos que reemplazan a los padres ausentes. Aquiles le relató su situación, en castellano, pues don Álvarez no entendía asháninca, solo quechua. Aquiles no tenía una muda de ropa para cambiarse ni familia y sus padres, si acaso estaban vivos, estaban demasiado lejos. Tampoco sabía qué había ocurrido con su abuelo Pablo Lindo y su primo Gutiérrez. Era un lobo solitario, otra vez. Solo oyó el rumor de que fueron llevados a otro lugar; una práctica usual para desmembrar a las familias e impedir las fugas: «si te escapas de acá, matamos al de allá». Álvarez le dijo:

—Yo te voy a dar tu ropa.

—¿De verdad, señor? —preguntó Aquiles.

—De verdad. Tengo una *cushma*. Ven por aquí.

Lo condujo a una cabaña. Era pobre, como todas, pero tenía una pequeña distinción: el techo de palma era relativamente nuevo y, además, el sol no caía directamente sobre ella. Por las tardes, parecía bañada en una capa de barniz. Álvarez abrió un saquillo de esos que se usan para apilar el arroz y sacó una *cushma*. Estaba seminueva y le quedaba exacta hasta las pantorrillas. Aquiles se alegró. Sintió que ese cariño postizo era más de lo que había recibido desde su salida de Alto Sondobeni. Fue con Álvarez que Aquiles recién conoció el tiempo. Una tarde, después de comer yuca y freír gusanos, le dijo:

—Estamos en el año 1993.

Aquiles no sabía que el tiempo se medía. Tenía una referencia natural del día y de las noches y de las estaciones del año e incluso de las horas; pero con respecto a los años, meses, días, semanas y sus variantes, no tenía la más mínima idea[12]. Lo mismo sucedía con relación a las ciudades. Cuando Álvarez lo conoció, Aquiles le contó que «sus padres estaban en la ciudad». En su imaginación era una abstracción compleja, la suma de varias aldeas con un campo central que servía para formar, hacer ceremonias y jugar al fútbol.

Orillado al río Ene, Selva Verde era otro país. No había llegado el Estado, la nación, la jurisprudencia o la justicia, aunque sí la religión. A mediados del siglo XX, una partida de sacerdotes franciscanos se las ingenió para abrir misiones, con casi las mismas dificultades que los descubridores de América y, sobre sus pasos, siguieron en la prédica pastores evangélicos o pentecostales llevados por las ganas de abrirle campo a su fe.

En el país formal, cuando comenzó ese 1993, el año anterior todavía resonaba como una bomba.

En la segunda mitad del año 1992, fue capturado Abimael Guzmán Reynoso, en una tranquila calle del distrito de Santiago de Surco, que no se parecía demasiado al ambiente en el que vivían los cuadros terroristas que él dirigía, sometidos a las privaciones de la guerra, de acuerdo al escenario donde esta se desenvolvía: sea en las luminosas trincheras de combate de los penales o en las enredaderas de las junglas donde las batallas entre las

12 Aquiles supo su edad recién el año 2004, cuando se reencontró con su padre y este le contó cuándo había nacido y cuántos años tenía. Sin embargo, hasta hoy le cuesta mucho definir con claridad las referencias temporales.

fuerzas de tarea senderistas y el Ejército Peruano parecían sacadas de una película.

1993 comenzaba con nuevos aires, con el genocida y su cúpula apresados en una base de alta seguridad, con una guerra que comenzaba a declinar en intensidad en las zonas urbanas y una economía que salía del inframundo. Se promulgaba una nueva Constitución, Michael Jackson estaba por venir al Perú, en el Estadio Nacional los hinchas peruanos lloraban las constantes derrotas locales por la clasificación al Mundial de Fútbol de Estados Unidos de 1994. Eso sucedía en el Perú. En el no-Perú, en Selva Verde y sus contornos, donde Aquiles no sabía que era el año 1993, miles de hombres, mujeres y niños de las etnias asháninka y matsiguenga se enfrentaban, sin más armas que sus oraciones, a su exterminio.

No era la primera vez que una etnia peruana se encontraba en el umbral de su extinción. En uno de los límites del país, las tribus bora, uitoto, andoque y ocaina, enfrentaron un fenómeno igual de enfermizo, aunque de otra cepa. Se trató de un proceso iniciado lejos de sus territorios y de su imaginario. En 1839, Charles Goodyear, un testarudo inventor norteamericano, descubrió por casualidad el proceso para la vulcanización. Un trozo de caucho tratado con azufre cayó de casualidad en un horno caliente, y Goodyear observó cómo modificó sus propiedades, convirtiéndose en un material insensible a las variaciones de la temperatura.

La demanda por el caucho se incrementó. Se desató una serie de engranajes de locura. El punto de ignición fue el incremento de la demanda del caucho para fabricar neumáticos, cables submarinos, entre otros derivados. Las ruedas de una bicicleta o las de los recientemente inventados automóviles, traían una cadena de valor que era posible que la mayoría de sus usuarios no sospechaban. Para tener una llanta se requería la goma del látex. La goma del látex necesaria para fabricar una llanta provenía, casi en su totalidad, de Belém de Pará, en la desembocadura del río Amazonas, y era traída desde allí por empresas exportadoras que embarcaban la sustancia a Norteamérica y los mercados europeos para su transformación industrial.

Estas empresas exportadoras eran abastecidas en las costas atlánticas por «Casas Mayores». Amparadas por el monopolio, no eran muchas y tenían, además de la función de recibir y despachar el caucho, el poder de otorgar préstamos o financiar a los empresarios que irían en búsqueda del «oro blanco» al interior. Estos empresarios eran llamados «siringueros» —pues el árbol del que se extraía, el *Hevea brasiliensis*, era conocido como siringa— e invertían el financiamiento en alimentos, mercancías, medicamentos y herramientas para poder «enganchar» a través de una desproporcionada deuda a las poblaciones nativas, recolectoras de la materia prima.

Cuando los trabajadores no cumplían con el peso requerido de látex, eran quemados vivos, o se les decapitaba, mutilaba, ahogaba en los ríos; se les crucificaba a la inversa o eran sacrificados en burdas apuestas de tiro al blanco. Para impedir que huyeran, eran marcados con hierro candente o cuchillos con las iniciales del dueño en las nalgas como si fueran ganado.

En el Perú, el barón del caucho por excelencia fue Julio César Arana, riojano de nacimiento. Si se comprobara que el infierno existe y se requirieran méritos para ocupar un lugar en sus habitaciones, probablemente Arana tendría un espacio asegurado o estaría en el cuadro de honor al mérito. Con una visión de negocios que era parte de su genética, no tardó demasiado en construir un próspero imperio y en 1903 fundó la «Casa Arana y Hermanos», basándose en las lealtades familiares, donde los escrúpulos no formaban parte del patrimonio. Desde la distancia de Lima, Arana era observado con simpatía, como un hombre de patria, redentor de las tribus salvajes y antropófagas que pululaban esos territorios inexplorados. Su empresa fue encargada de representar al Estado en todo el territorio de Loreto.

La prosperidad del caucho dio nacimiento a los nuevos ricos del Brasil, asentados en Manaos, cuyas mujeres enviaban su ropa a lavar hasta Portugal y cuyos caballos tomaban champaña con hielo para el calor, mientras Iquitos se volvía una ciudad de merecer. Cuando la fiebre del caucho acabó, y no por acción del gobierno peruano, sino por la desaceleración de la demanda y la oposición decidida del gobierno inglés, casi la tercera parte de la población nativa había desaparecido: unas treinta mil personas.

1993 fue llamado el «Año de la modernización educativa». De acuerdo a una costumbre estatal que comenzó en 1963, el gobierno peruano le otorga a cada año fiscal una denominación que encabeza la documentación oficial y, de paso, orienta el comportamiento de la burocracia estatal o, por lo menos, demuestra el rumbo del Estado.

Pero el único Estado que Aquiles y los arrasados conocían era el que les había impuesto Sendero Luminoso. El llamado Nuevo Estado.

Ese 1993 fue el año en que Aquiles comenzó a albergar un rencor, como un tumor, contra su madre. Si ella no se hubiera ido, no lo habrían capturado. Si no abandonaba a la familia, si no subía al bote del maderero. ¿No lo habrían capturado? Si su madre se hubiera quedado con la familia, ¿también se la habrían llevado a ella como ocurrió con él, con sus abuelos, sus tíos, sus primitos?

No hay trauma mejor cimentado que el que se marca en la infancia. Esos se quedan a vivir en el subconsciente, o forman parte del tejido o los órganos. La escena en que Rosario, su madre, se escapaba, comenzó a llegarle en sueños sepias y difusos que iban evolucionando hasta hacerse de colores definidos, palpables, olorosos. Parecía una película filmada en blanco y negro, con un aparato casero que, conforme la repite, gana en calidad; y, a diferencia del deterioro del tiempo, mejora en su nitidez, sus cuadrantes, y su enfoque.

Soñaba y el recuerdo se llenaba de detalles: estaba mirando la embarcación que llegó en silencio a inmediaciones del puerto. El sol superaba el vaivén de las copas de los árboles. Su padre Juan y su abuelo Pablo Lindo no estaban desde la madrugada. ¿Y si hubieran estado? ¿Si no salían a cazar el majaz para la comida? El maderero que se llevó a Rosario lo sabía; había urdido la fuga con antelación.

Quizás maquinó el acto desde que la vio, cuando retornaba del monte camino al caserío de colonos y se estrelló con los ojos mandarinos de esa extraña criatura que era Rosario. Los ojos que se salían de sus cavidades y recorrían la jungla y detenían la estridencia de los aserraderos y, juraba, lo torturaban. Saltó del bote, hundió las botas en el fango, avanzó unos cuantos metros y, tal como convinieron, vio a Rosario pelando yucas. Llamó dos veces: «*¡Tsinani! ¡Tsinani!*». Rosario lo escuchó con claridad. Supo que el momento de cortar con el pasado llegaba por el río.

Aquiles miró la escena sin comprender. Para él, su mamá se dirigía hacia el cauce. Solo después, en el cautiverio, entendió la magnitud de los pasos apurados, que trataban de no quebrar las hojas; en puntillas para que el eco de su huida no fuera un rastro.

No tenía los pies descalzos. Llevaba puestas unas sandalias que le regaló el maderero, pues irían a la ciudad. Le juntaba los dedos acostumbrados a la pata desnuda. Los dedos vivían por su cuenta, cada uno haciendo su vida aparte. El maderero la convenció de las razones por las que tenía que ponerse calzado: «En la ciudad se usan zapatos. Tienes que disimular, Rosario. Se fijarán en tus ojos claros. Achinados, como los de tu raza, pero con ese otro color, tan raros, tus ojos son una mandarina. Y si estás sin sandalias, sabrán que te he robado porque te conté un día que podrías tener otra vida. Una vida sin comer capotes. Comerás atún.

Latas y latas de atún con arroz hasta cansarte. Te volverás más bella de lo que eres».

Aquiles la vio subir al bote del maderero. El maderero no encendió el motor fuera de borda, sino que usó los remos, cortando el agua silenciosamente. La vio alejarse como si el cruce de orilla a orilla tomase varios años. Se quedó con el amargor en el filo de lengua: «*¡Ina! ¡Ina! ¿Jempe piyaatika?*». «¡Mamá! ¡Mamá! ¿A dónde vas?».

Esa tarde, cuando su padre y su abuelo llegaron del monte, también vinieron los primos de la aldea y otras *tsinanes*. Venían felices, pues además de majaz, trajeron un venado que cayó en una de las tramperas. La alegría duró poquísimo. Pronto se dieron cuenta de la ausencia de Rosario. ¿La arrastró la corriente? ¿Habría sido invitada de improviso al *kamaveni*, la Tierra de los Muertos? ¿Aparecieron los rojos, que rondaban la comunidad desde el año anterior y se la llevaron a esos campamentos siniestros, que hasta ese momento eran una leyenda entre los habitantes del río, entre puerto Ene y puerto Ocopa?

—*¡Jinatsi! ¡Jinatsi!* —gritaba el padre de Aquiles.

Mientras tanto, el niño permanecía en silencio. Se acercó a un árbol lleno de capotes. Llamados también impitas, son negruzcos, parecidos a los ciempiés, solo que en el lugar de la cabeza, tienen un apéndice verde fosforescente. Tomó con el índice y el pulgar el más robusto y lo puso sobre las cenizas de un brasero extinto. Estaba saboreando el capote, cuando el abuelo se le acercó a preguntarle. Sintió miedo, no por el abuelo, sino porque sabía que sus pocas palabras darían mucha tristeza:

—*¡Ishiyakaakabo shirampari ina!*

Fue así como lo supieron. Estaban confundidos. Si existía una verdad inobjetable era la sujeción de las mujeres a sus maridos, a la tribu, a las tradiciones. «El hombre hizo escapar a mamá».

Era una visión difícil para toda la comunidad de Shanque Bajo. Inentendible, pues la madre naturaleza pudo haber visto con su mirada que todo lo observa la intención y la desdicha de Rosario, yendo sobre el bote del maderero, surcando el bostezo de los remolinos, dejando al hijo a la soledad de una serpiente loro machaco o un jergón. ¿Asomaba una tribulación mayúscula? ¿Fue eso una señal de lo que vendría? Mancillada la familia y sin mujer que cuidase de Aquiles, Pablo Lindo decidió abandonar Shanque Bajo para ocupar Alto Sondobeni. Y si no se hubiera ido la mamá con el maderero, ¿se hubieran quedado? Y si se hubieran quedado, ¿habrían sido atrapados?

En el sendero

La estadía bajo la tutela de Álvarez fue una de las etapas menos infelices del cautiverio. Aquiles no pasó hambre. Además, Álvarez era un excelente narrador de cuentos. De él sabría lo que se debía conocer de la vida. Por ejemplo, supo que estaba creciendo. Se lo decía de vez en cuando: «Mira, antes me llegabas aquí y ahora estás por acá. Debe ser una cuarta. Serás alto como los árboles». En otras ocasiones, le comentaba: «A lo mejor ya tienes diez años, pareces de ese tamaño». Le decía que el día que se reencontrara con su padre o con su abuelo, debía preguntarles por la fecha en la que nació.

—Te dirán un día. Por ejemplo: 5 de enero o 20 de abril. Ese será el día tu cumpleaños. La gente hace pasteles en los cumpleaños de los niños. Los niños se ponen muy contentos. Le ponen velas al pastel y cantan una canción para celebrarlo y los amigos te abrazan. Te dan cariño.

A pesar de esa aparente libertad, lo cierto es que ellos —Aquiles, Álvarez y todos los demás que no partieron con la masa arrasada hacia Soldamiento— eran una base de apoyo; es decir, una zona donde los senderistas encontraban lo necesario para recuperarse física y materialmente. No podían moverse, mudarse de pueblo o siquiera visitar a sus vecinos del centro poblado Micaela Bastidas, que estaba en la banda opuesta. Si una patrulla militar o naval aparecía por las inmediaciones, la orden era huir al monte. No tenían muchas posibilidades de ir a alguna parte.

Estaban bajo el control de un mando de la fuerza local que informaba sobre el desempeño y comportamiento de los habitantes de las aldeas. En caso no se cumpliera con las condiciones asignadas, se imponía el diálogo del machete afilado. Ese era el Estado o la patria que Aquiles conocía; la República popular del miedo.

Finalmente, una columna armada bajó desde Alto Chichireni[13] para recogerlos y llevarlos a un nuevo campamento. Era lejísimos. Caminaron abriendo trocha ciento veinte días. En el trayecto, Aquiles nunca se despegó de Álvarez. Conversaban cuanto podían, en los descansos, o antes que cayera la noche, hasta que llegaron al «Sector 5». Aparecieron por una colina y Aquiles pudo contemplar, nuevamente, a miles de personas en formación. Sintió compasión por los arrasados. Estarían varios meses —dieciocho en total— en ese lugar, recibiendo adoctrinamiento.

Entraron en la rutina del hambre. Los mandos senderistas informaron que el Ejército se aproximaba, así que organizaron una nueva retirada a un lugar más alto y escabroso, perfecto para las minas y los francotiradores. Los militares, en vez de perseguirlos como solían hacer, ocuparon los puntos donde funcionaba la cadena logística y los privaron de los pocos alimentos a los que podían acceder[14]. La dieta de los arrasados terminó siendo, en el mejor de los casos, guía de chonta y hoja de chalanca. Las juntaban en bolas que enjuagaban con su saliva para estafar al estómago. Comían arena, tierra, piedras. Aprendieron a distinguir los frutos que se podían comer de los que eran venenosos. Los niños pioneros comenzaron a morir y los intentos de fuga se multiplicaron, lo mismo que las ejecuciones sumarísimas para castigarlos.

Cada mañana, Aquiles se tocaba las piernas y les rogaba que no le fallaran. Había escuchado una orden impartida

13 Alto Chichireni está ubicado en las coordenadas 11°51'4.86"S-74°12'58.39"O.

14 Aquiles se refería varias veces a esa etapa del cautiverio: «Era un terror ese tiempo». «Era triste vivir en ese tiempo. La vida no valía nada».

de parte del camarada Feliciano a los comisarios: se debía ejecutar a aquel que no pudiera caminar toda la noche. Los comisarios eran bastante eficientes. Por lo menos cada día asesinaban a tres o cuatro personas, de cualquier edad, por no tener fuerzas o por murmurar. Renguear era una falta grave. Cuando por casualidad un secuestrado daba muestras de flaqueza, o pensaba demasiado tiempo, había una frase que sonaba a condena:

—¡Ah, ya! ¡Así que quieres traicionar al Partido Comunista del Perú!

La gente fue perdiendo la palabra. Dejó de musitar, de cantar, de reír, de conversar. Se comunicaban por señas como sordomudos. Hablaban con los ojos. Movían las barrigas inflamadas para señalar su hambre o las fosas nasales para contar sus miedos. Se impuso el silencio. Cual si fueran árboles. Seres vivos sin voz. Mientras más gente hubiera, menos se escuchaba. Para esa época, Aquiles había decidido sobrevivir. ¿Cómo hacerlo? ¿Cómo sortear a la muerte? ¿Cómo engañarla o tenerla quieta? Sin otra clarividencia que su instinto, se dio cuenta de que intentar huir era imposible. Ningún pueblo era seguro, la selva estaba poblada de animales peligrosos, bichos inamistosos y tampoco tenía una idea de cuál podría ser una dirección adecuada. Entonces tuvo que tomar una decisión: ser como ellos.

Fingir el apoyo a la doctrina, creer en la toma del poder. La adhesión al pensamiento Gonzalo y al Partido Comunista serían su salvoconducto para seguir vivo. No se equivocó, por lo menos en eso. Repetía los credos y cantaba las canciones de batalla compuestas en las luminosas trincheras de combate. Álvarez notó el cambio. De vez en cuando, le preguntaba si se sentía parte del Partido. Si es que era de cuerpo y alma un rojo. Aquiles no le contestaba y seguía tratándolo con la consideración que un hijo siente hacia su padre. Se mostraba solícito y fiel a los mandos o a los comisarios, aunque no era capaz de traicionar a quienes manifestaban a media voz su descontento, o sus ganas de huir.

Pronto, un hecho puntual lo convencería de que no estaba equivocado.

Una tarde, dos arrasados que intentaban escaparse fueron capturados y llevados por los mandos al centro del «Sector 5». La masa fue reunida para presenciar la ejecución. Sin embargo, esta vez el mensaje los desconsertó. Gavino les dio una oferta tentadora:

—Viendo el Partido Comunista las dificultades para alimentar y dar salud a la masa, los hemos juntado para preguntarles quiénes quieren seguir con el Partido y quiénes no. Los que no quieren seguir, pueden formar en esta parte y se podrán ir a sus comunidades.

Hubo dudas; los arrasados se miraban entre sí. Aquiles buscó con la vista a Álvarez. Primero, entre el gentío, no lo encontró. Solo unos cuantos se animaron a formar entre los que iban a ser liberados y el propio Aquiles se sintió tentado. Estuvo a poco de dar el primer paso. ¿Iría en contra de lo que había decidido? Era un niño. ¿Podría ir a alguna parte? Hallar a sus padres, a Pablo Lindo, a sus primos Rodríguez o Morote y volver a reunir a la familia o lo que quedaba de esta. Ni siquiera sabía en qué dirección estaba Alto Sondobeni, su aldea. Levantó la mirada y no vio a Álvarez. Unos cuantos formaban al centro. Eran dos familias completas; papá, mamá, hijos pequeños. Gavino insistió:

—Volverán a sus chacras, las cultivarán, y darán una porción para la Fuerza Principal. ¿Qué razón hay para que estén caminando tanto, camaradas, camaraditas? ¡Ya no se cansarán! ¡El Partido comprende!

Un grupo más numeroso se unió a las primeras familias. Lentamente, ante la invitación de Gavino, la formación de los que iban a partir se fue nutriendo. Aquiles sintió claramente el sonido de los pasos de un hombre joven, derrotado por la debilidad, que dejó su lugar al lado de él y fue hacia el centro. Algunos mandos medios dijeron «apoyaré la guerra desde mi chacra». Volvió a arrepentirse. Tomar o no tomar el impulso. ¿Seguir o no?

Descubrió a Álvarez sumado al grupo. Álvarez lo buscaba elevando la quijada y Aquiles se escondió. Álvarez creyó que al verlo en la formación de los que partían, lo buscaría, así que se exponía sin vergüenza. A Aquiles nada le garantizaba que era la elección adecuada. El instinto le decía que su verdadera elección para seguir con vida era permanecer en Sendero Luminoso. O como decían sus compañeros de secuestro: *en el Sendero*. Gavino los contó un par de veces y salió de la escena para pedir permiso a su superior. Volvió al cabo de unos momentos, en los que Aquiles se mantuvo escondido de la vista de Álvarez. Nadie se sumó ni dio marcha atrás. Gavino les señaló, con el índice chueco y sucio, la salvación:

—Adiós, camaradas, pueden partir.

El estrecho camino se vio pronto invadido por los que eligieron dejar el Partido. Familias completas, individuos aislados, huérfanos, mujeres. Fueron entrando en la boca del follaje, con lentitud, pero felices. Eran libres. Allí fue que Aquiles vio a Álvarez por última vez. Lo vio de espaldas, aún buscándolo para ver si se animaba a volver a Selva Verde con él o simplemente para despedirse o desearle lo mejor y decirle que no se olvidara de averiguar en qué día nació para tener un pastel con velas ardientes que soplar. Álvarez fue uno de los rezagados, pues estuvo haciéndola larga para hallar a Aquiles, hasta que no le quedó otra opción que marchar sin él. Apenas tomó la trocha que salía del «Sector 5», Gavino hizo formar a los que se quedaron para arengarlos por su convicción.

—Ya no pasarán más hambre —les dijo—. Sembrarán maíz, frejol, zapallo, papaya y maní. Ustedes permanecen firmes. Ustedes sí merecen vivir, camaradas.

Aquiles pensó en esa última frase: «Ustedes sí merecen vivir». ¿Y los que se fueron? ¿Qué merecían? La respuesta la supo al poco rato, cuando apareció la Fuerza Principal, al mando del camarada José. Se puso delante de ellos, y reiteró las arengas de Gavino, solo que añadió:

—Ahora lo que nos toca es aniquilar a esos voluntarios. Es la orden del camarada Feliciano[15].

Salieron en esa dirección. Aquiles sabía lo que iba a pasar. Esa noche pensó en Álvarez. Repasó sus conversaciones: por qué las luciérnagas dan luz en la noche, cuál es el tamaño del mundo, cómo se suceden las estaciones, los colores; las casas de varios pisos que él no conocía y que imaginaba como un sinfín de cabañas que terminaban por entreverarse con las nubes y a veces con la lluvia.

Álvarez también le contó sobre la torre de Babel. Aquiles había conocido a los franciscanos que predicaban entre la misión Cutivireni y la de Sivia. Contaban cómo fue que los hombres decidieron desafiar a Dios y hacer un edificio que raspara el cielo y entonces el Señor que está arriba los castigó, dándoles muchas lenguas, de modo que no pudieran entenderse. Aquiles le preguntó:

—¿Y también comenzaron a hablar nuestro idioma?

—Seguro que sí —respondió Álvarez—, con toda seguridad. Eran todas las lenguas; si no, no estaríamos en el mundo.

Las noches en que no llovía, Álvarez le mostraba el orden de las estrellas:

—También tienen sus campamentos —le decía.

Otras veces hablaban sobre Pablo Lindo, su abuelo. Había guerreado en la campaña de 1965 y los franciscanos

15 Óscar Ramírez Durand. Pugna prisión actualmente en un penal de máxima seguridad en el Perú.

lo mencionaban en varias de sus crónicas. Era un hombre admirado y por eso se le atribuían rasgos físicos sobrenaturales. Por ejemplo, que su panza podía resistir la perforación de una bala disparada de cierta distancia y en el caso de una escopeta, apenas si le hacía un par de raspaduras. Sus enemigos decían que era un asháninka gigantesco, al que solo se le podía disparar por la espalda.

Aquiles recordó que el propio Pablo Lindo le decía a su familia:

—Cuando yo duermo me convierto en tigre, mi cuerpo sale a caminar por todas partes, solo queda mi corazón en el lugar donde duermo con mi *cushma*; mi cuerpo sale todo y se marcha.

Al oír esa confesión, a veces, Aquiles se quedaba despierto o fingía dormir, a la espera de ver el desdoblamiento de su abuelo. Vigilaba atento, pensando en las múltiples formas que podía tener ese tigre: un tigre del color del abuelo o un tigre con el rostro del abuelo o su abuelo con colmillos y garras.

Para el momento en que Álvarez decidió partir, Aquiles tenía mejor definidas sus opciones. Poco antes de llegar al «Sector 5», su existencia tenía dos únicas alternativas: morir de golpe o morir sufriendo. Ahora podía vivir. Vivir significaba formar parte de esa masa hambrienta. El presidente Gonzalo solucionaría las injusticias; estiraría su vara poderosa, pronunciando palabras que moverían las piedras, que romperían paredes y abrirían el suelo. O como decían los cánticos:

«Los rojos guerreros, tropas de Gonzalo, con plomo han abierto las puertas de la historia…».

La noche la pasó en vigilia. Trataba de distinguir los gritos de los perseguidos en la penumbra. No era difícil adivinar su destino, en la panza de los tigres o abonando la tierra. Imaginaba de nuevo los machetes, las cuerdas ensangrentadas. Imaginaba a Álvarez mirando las estrellas en sus campamentos, con los ojos detenidos.

Al día siguiente, la Fuerza Principal volvió. Limpiaron la sangre de sus armas. Parecían carniceros. Hablaban entre ellos, alistando sus fusiles. Se preparaban para cosas más grandes. El poder estaba lejísimos, en un palacio que no conocían, que nunca habían visto, pero que, sin embargo, en el destino de su revolución, estaba próximo, cercano, como en la casa del vecino de la esquina. En el fondo, el poder era como los fantasmas, que siempre están allí, que nunca están allí.

***

Por un tiempo, los sobrevivientes fueron llevados a un lugar llamado La Granja, en las alturas de Pichiquía, donde debían iniciar la producción y prepararse para ser combatientes marxistas, leninistas, maoístas. Fue uno de los primeros campamentos de pioneros. Debía de haber unos trescientos niños, entre los seis y once años. Algunos llegaron en malas condiciones, y nadie estaba dispuesto a curarlos. Uno de estos niños, de aproximadamente ocho años, agonizaba en una tarima hasta que llegó una nueva camarada, llamada Maruja. Lo sacó al centro del patio de formación y reunió a los demás niños que estaban por salir a sembrar. Tomó un cuchillo filudo y señaló al pequeño Aquiles. Le dijo que se acercara. Julio Pucañahui apareció simultáneamente en el patio, con otros tres moribundos. Dijo que había llegado la orden de aniquilarlos. Pucañahui era alto y mestizo; tenía el mentón siempre elevado, con el orgullo de un mandamás[16]. Luego gritó:

16 Actualmente es comisario político del Militarizado Partido Comunista del Perú.

—Es hora de forjarte, Aquiles.

Aquiles creyó que lo iban a matar. Se puso pálido. Trató de evitar los ojos de la camarada, que se le iba acercando. Esta se puso al frente y le dio el cuchillo.

—Mátalo —le dijo.

Aquiles se quedó inmóvil. Maruja alzó la voz:

—Mátalo de una vez o te mataré a ti.

Aquiles se acercó al niño, indefenso por la debilidad de la anemia. Estaba hinchado y no tenía color; parecía que su espíritu ya no estaba con él. Como se trataba de la vida del otro niño o la de él, Aquiles trató de hacerlo rápido y usó todas sus fuerzas para hundir el arma en el estómago. No pudo. Se puso a temblar. No sabía si el cuchillo no atravesaba la piel por sus nervios o porque la piel del abdomen estaba demasiado flácida. Maruja gritó:

—¿Acaso no sabes matar? ¿Nunca has matado?

—No, mi camarada —respondió.

Maruja le quitó el arma. Tomó una cuerda delgada y presionó el cuello del niño hasta que la yugular se dejó ver, saltando desde la palidez. Con la vena expuesta, hincó con fuerza y la sangre saltó. El niño no se quejó. Maruja volvió a mirar a Aquiles y a los demás:

—Ustedes deben saber matar porque si no, así van a morir.

Los otros tres muchachos también fueron ejecutados. Pucañahui les ordenó que los sacaran de la Granja. Los cadáveres fueron abandonados en un barranco.

En adelante, Aquiles se cuidó de no cruzarse con Maruja, aunque el destino no fue generoso con ella. Tiempo después, enfermó de anemia y dejó de ser un cuadro radical para convertirse en una carga para el Partido. Pucañahui la mató con un tiro de fusil.

Escribir la historia

Concerté mi primera reunión con Aquiles en un café de Barranco. Era un ciudadano invisible, al que no se le podía buscar en ninguna base de datos. Excepto, las militares, que no decían mucho. No existía una entrevista, una fotografía de diario, un reporte social. Incluso supe que, en algún momento, Aquiles tuvo lo que no muchos: una partida de defunción.

Lo vi llegar con unos jeans desteñidos.

—Me dicen Aquiles. También me llaman Juba[17], como el francotirador.

Lucía una sonrisa despreocupada, de quien ha venido por la vida sin trompicones. Hablamos de temas y personas en común, del interés en escribir y publicar su relato. La suya era una experiencia fuera de lo normal. Son pocas las personas que soportan un cautiverio tan extenso. Desde donde estábamos sentados, sobre unos sillones al lado de la mampara, se veía la avenida San Martín, la mole sin color de la iglesia Santa Rosa de Barranco; el paso del transporte público, los ciclistas y los transeúntes con sus perros humanizados y terapéuticos. Casi en los últimos minutos de conversación, le pregunté por qué se había animado a compartir su historia.

—Engañan a la gente.

—¿Es la única razón? ¿No te mueve nada más?

—Debemos rescatarlos.

---

17 Juba es un francotirador de origen iraquí que forma parte de la resistencia contra fuerzas de la coalición militar liderada por EE. UU. Se cree que no es una, sino varias personas.

—¿A quiénes?

—A los secuestrados. Vamos a contar cómo viven, cómo comen y qué hacen. En el monte[18] la vida era triste. Cansada por la explotación de los mandos. Ellos nos metían en la cabeza que si nos escapábamos nos iban a matar o a meter presos para toda la vida. No les vamos a dar comida, nos decían. Así nos engañaban los terroristas. Vives como un animal en el monte.

La suya era una gesta genuina. Contar para liberar. Aquiles pensaba que no solo era una tarea urgente. Era un compromiso con el alma nacional. Relatar para descubrir que en una república democrática un grupo de sus habitantes eran esclavos.

—¿No somos independientes? ¿Cómo puede existir un país donde existen los esclavos? ¿Para qué son los escritores, mi comandante?

—Para escribir. Relatar. Ninguna historia existe si es que no se escribe.

—Usted me dice que la historia que existe es la que se escribe. ¿Ahora los esclavos qué son? Ni siquiera eso. Yo me equivocaba.

—¿Por qué dices que te equivocabas?

—Porque comencé a luchar físicamente. Por eso, ahora soy suboficial. Muy orgulloso, sí.

—No lo olvido.

—Soy muy orgulloso por ser un suboficial del Ejército y me alisté para combatir, para liberar a los esclavos. Yo conozco el terreno del enemigo como las palmas de mis manos. He arriesgado mi vida. Y con tanto andar y andar, me di cuenta…

—¿De qué te diste cuenta?

---

18 Aquiles hace una diferenciación entre «selva» y «monte». Como «selva» identifica las áreas donde hay presencia humana o urbana. «Monte» son las áreas despobladas, donde solo existe vida silvestre y solía cazar.

—La masa es como el agua y el camarada José es como el pez. Si secas el agua, el pez se muere. La masa es la que produce y trabaja.

—He estudiado bastante lo que me dices. Es coherente. No podría decirte si es la solución final. Te puedo decir que posee lógica.

—Mientras tanto, esta es una guerra de fantasmas. Cuando movamos el alma de la gente hacia allá, y rescatemos a la masa, por fin, los terroristas se habrán acabado. No habrá más Militarizado Partido Comunista.

—Voy a escribirlo, Aquiles. No porque vayamos a ganar la guerra, sino porque vale la pena.

—Será como poner una bala en su recámara —me dijo, y volvió a sonreír.

Me gustó esa frase de la bala en la recámara. En ese momento no sabía que Aquiles no me estaba diciendo toda la verdad. Tenía otra motivación mucho más fuerte que la justicia: el amor.

III. Los últimos días del camarada Feliciano

Concluida su última matanza para limpiarse de los desafectos, la Fuerza Principal se alistó nuevamente para salir. Mientras tanto, la masa permaneció trabajando en la cosecha de maíz, frijoles y maní. Aquiles comenzó a escuchar que los comisarios mencionaban un nombre con frecuencia: Feliciano[19]. Lo había oído varias veces, solo que no tenía una idea real de su importancia. Era parecido a lo que ocurría con el presidente Gonzalo. Pocos sabían que Gonzalo se encontraba preso en una base naval —tampoco sabían que existía el mar—, por lo que las líneas de su pensamiento estaban vigentes.

Nadie podía decir ni afirmar ni atribuirse: *Gonzalo dijo esto u ordenó lo otro o mandó un recado para las masas.* El pensamiento Gonzalo era una guía de conducta dictada por un dedo divino que en vez de venir del cielo, estaba confinado en una prisión. Se notaba hasta en la hora de las comidas. Al llevarse una cucharada a la boca, el comensal rezaba:

—¡Viva Gonzalo!

En el caso de Feliciano, esa presencia estaba afirmada, a la mala, y sin mucho verbo. Era otro dios, solo que más próximo. Aquiles se percató de que Feliciano estaba realmente con ellos y que muchas de las matanzas provenían de su orden directa. Como todavía era niño, entendía que Feliciano andaba en una de esas cuevas o parapetos

---

19 Oscar Ramírez Durand, el camarada Feliciano, adoptó ese apelativo en honor a su abuelo, Feliciano Durand, quien lo crió en la sureña ciudad de Arequipa.

construidos para proteger al Partido de las incursiones de la reacción y no tenía necesidad de ser visto para que sus palabras se convirtieran en ley marcial.

Todavía ese Sendero —el que transitaba por los valles de los ríos Apurímac, Ene y Mantaro— tenía una diferencia sustancial con su otro brazo armado, acomodado en la selva nororiental del país. En el valle del río Huallaga, Sendero logró tomar el control del tráfico de drogas, ganándose a la población al ponerse de su lado en su lidia contra el abuso de los narcotraficantes locales; esto terminó dándoles ganancias suficientes para incrementar su capacidad de hacer la guerra y soñar con la cercanía del equilibrio estratégico[20].

En cambio, entre los departamentos de Junín, Ayacucho, Huancavelica y Cusco, los narcotraficantes y los senderistas eran rivales que, cuando se encontraban, no tenían otra regla de convivencia sino la de matarse. Por lo tanto, en la época en que Aquiles fue secuestrado, vivían estrictamente de lo que producían las masas y de las contribuciones forzadas a las poblaciones bajo su control. La persecución del Ejército Peruano y del Ejército Asháninca los hacía moverse constantemente. Esto interrumpía la producción, no dejaba florecer los productos y, como resultado, el hambre campeaba. Feliciano dio una orden pragmática: eliminar bocas.

Como parte de sus protocolos de seguridad, los mandos partieron por otra ruta en las alturas de Chiquireni donde se asentaron, siempre dentro de lo que llamaban «Sector 5»[21]. Abrieron chacras y con el pasar de los meses la tierra comenzó a producir y la sensación de hambruna se redujo. Lo que se incrementó fue la sensación de soledad. Aquiles

20 El «equilibrio estratégico» de acuerdo a la doctrina de Sendero Luminoso significaba que su «guerra popular» se encontraba al nivel de combate contra el Estado Peruano y que faltaba una etapa, la de la «ofensiva estratégica» para que se tomará el poder en el Perú.

21 El «Sector 5» se convirtió en una base de apoyo, es decir, un área geográfica donde se generaban recursos alimenticios para la fuerza principal.

pensaba en sus padres, en sus hermanos y en sus primitos bajo la tierra y en los recuerdos felices que tuvo hasta los nueve años con su abuelo Pablo Lindo, cuando salía con él a traer hojas o cazar majaz y aprendía a colocar tramperas hasta el día en que aparecieron Gavino, Clara, Rodolfo y los otros.

A quien más extrañaba era a su abuelo Pablo Lindo. A veces, cuando se quitaba la *cushma* para bañarse, reconocía en sí mismo la tonalidad de su color de piel y las formas que tendría en un futuro, si es que llegaba a crecer. Lo observaba mezclándose con el agua, maniatando a los remolinos. Fue su abuelo el que le trajo por primera vez una pelota. Se la compró a un colono o, mejor dicho, la intercambió por unas presas. Le dijo:

—Esta pelota sí es redonda.

Era difícil obtener un balón y los pocos que llegaban se usaban tanto que se degradaban hasta convertirse en triángulos. Por eso apreciaba tanto el regalo de Pablo Lindo. Sus primos venían y le decían: «préstanos la bola, Aquiles», y él se sentía un poco importante y feliz. Quería forzar los sueños, forzar que su abuelo estaba cerca, vigilándolo, llevándolo a cazar. Recordaba a la camarada Clara diciéndole: «Es brujo tu abuelo», y él, susurrando, respondiendo: «No. No es brujo. Los brujos no pueden viajar por debajo del agua. Él solo puede salir de su cuerpo, convertido en tigre».

Aquiles aprendió a cocinar. Lo hacía aislado, apartado de la masa. No hubo un solo día en que no pensara en la idea de ser libre, de no morir como un animal de monte.

***

La Fuerza Principal reapareció por el «Sector 5» con una novedad. Traían una radio Yaesu, sustraída de un puesto de salud. Era un notorio avance, pues los extensos periodos sin saber nada de nadie hacían que las tareas de los vigías y mensajeros se hicieran más tediosas y, sobre todo, lentas. La otra noticia que recibió se la dio Mendoza con bastante alegría:

—Ya te van a avisar. Te están asignando a la Fuerza Local.

—¿Cómo sabes? ¿No me estás engañando, Mendoza?

—Vas a ser un revolucionario de élite, Aquiles.

—No te juegues, pues, Mendoza.

—Cuando tomemos el poder, dirán: «Esos revolucionarios grandiosos. Aquiles y el chato Mendoza[22], los camaradas…».

Aquiles se alegró. No por su repentino ascenso del nivel descartable al nivel menos descartable. Se alegró porque le habían creído. Entonces, quizás, podía sobrevivir. Superó con éxito esa valla. Desde el primer día de su convocatoria, se dedicó a cumplir las órdenes.

Pronto, el camarada José lo llamó a su presencia. Le dijo:

—Ahora, serás avanzadilla. Veo que eres ágil. Es la prueba que tiene para ti el Partido.

Aquiles recibió para ese encargo un machete. Iría a la vanguardia de la columna armada, avistando en primera línea los caminos por los que discurrirían y alertaría sobre la presencia de rondas o tropas. Ser un niño sin armamento era una especie de treta que podía funcionar adecuadamente, si es que el enemigo no andaba muy nervioso y se tomaba el trabajo de discernir de quién se trataba. Un niño desarmado o provisto de un machete no era un objetivo militar, pero los ronderos no podían pensar igual. Además de ser ágil, debía ser un suertudo

22 Actualmente, el camarada Mendoza es comisario político, uno de los niveles más altos de la organización terrorista.

y esperar la amabilidad, el análisis y la comprensión del rival o, en última instancia, su falta de puntería.

Pronto supo lo que era ser avanzadilla. Se dirigió a un punto de acopio no muy lejos de Tsomaveni en plena lluvia y sintió una calentura en su cuerpo. Pensó: «Parece que algo va a pasar. Me estoy hirviendo». Además, en un descuido, un par de isulas le picaron en la pierna y el cuello. Sintió un escozor insoportable, las picaduras de isula son de las más dolorosas. A la hora que cruzó el último curso de agua, miró hacia atrás. Mendoza lo seguía de cerca con una pistola-ametralladora UZI.

A poco del cruce, oyó un pájaro y elevó la vista. Era un tatao[23]. El ave podía delatarlo. Sacó una honda, le apuntó y el disparo le dio certero. Sintió un poco de tranquilidad para comenzar a descender. La lluvia arreció y, al fondo de los cerros, los rayos se estrellaban contra las cretas. Por el ruido no se percató de que en el sentido opuesto subía una formación mixta de ronderos y soldados. Algo lo hizo detenerse. Esperó que Mendoza lo alcanzara:

—¿Qué pasa? —le preguntó Mendoza.

—No quiero ir adelante.

—No jodas, Aquiles. Tienes que seguir.

Miró a Mendoza. Estaba tan empapado como él. Se adelantó nuevamente unos cuantos pasos, y vio adelante un tronco caído, interrumpiendo una pequeña planicie formada naturalmente. Aquiles calculó ponerse detrás del tronco para volver a vigilar y, al llegar, miró detrás del tronco caído y vio unos hombres descansando a la intemperie. Los reconoció rápidamente. Era una patrulla de soldados, con ronderos de guías:

—¡Los morocos! —gritó.

Uno de los guías —un rondero experimentado— dio un salto y estuvo por cogerlo. No pudo porque el cabello de

23 Cuando se le preguntó a Aquiles por qué se le decía tatao al ave explicó que era por el sonido que emitía ante la presencia de gente: «Tatataoooo».

Aquiles estaba corto y se le escabulló. Los soldados comenzaron a incorporarse para cogerlo. No podían disparar, porque se hubieran matado entre ellos. En la confusión, Aquiles vio un claro abierto entre la arboleda y se lanzó por el barranco. Además le dio tiempo a Mendoza y al resto de la Fuerza Principal para reacomodarse y ponerse en posición de tiro.

Aquiles comenzó a huir por el monte y detrás de él salieron un par de ronderos. No lo persiguieron; quizá el sentido común les hizo pensar que si se separaban demasiado del grupo los podían cazar por estar aislados.

En la huida, Aquiles se topó con una sachavaca. En otra ocasión hubiera sido una presa suculenta. Reapareció por las inmediaciones del campamento desde donde partieron y se encontró con los centinelas de contención, encargados de defender al camarada José. Estaban dormitando. Uno de ellos se despertó y los demás lo hicieron por defecto. Las preguntas se sucedían sin continencias:

—¿Qué haces acá? ¿Dónde están los demás?

—Abajo hay una patrulla del Ejército caminando con los ronderos, mi camarada.

—¿Y cómo vas a venir tú? ¿Solo? ¿No nos estás engañando?

—Creo que no se dieron cuenta. Me escapé por el monte, casi me disparan los morocos.

Estaba terminando de contarles cuando se escuchó el tiroteo. Al poco rato, atraído por los sonidos, apareció el camarada José y Aquiles volvió a relatar su historia. Miró al piso, pues recién se sintió en falta:

—No pude avisarle a Mendoza ni a los demás. Corrí porque sentí que me estaban agarrando del cogote.

—¿Dónde están los demás?

—Creo que se han enfrentado.

José comenzó a husmear en el viento. Mandó a traer su fusil. Menos de una hora después, apareció la columna, sin heridos. Intercambiaron opiniones y señas. José dijo:

—Es casi seguro. Van a regresar. Hay que matarlos.

Decidieron organizarse para esperarlos. José eligió a sus mejores gallos para la ocasión: Alipio, Dalton, William y Adolfo. Sacaron dinamita, cordón detonante y los utensilios para preparar cargas y bajaron de nuevo hacia la trocha. Eligieron una curva adecuada y distribuyeron los explosivos en unos ciento cincuenta metros. Los tiradores se ubicaron a una distancia prudente de la dinamita, y en condiciones de abatir a los sobrevivientes con la mejor eficiencia, si por un milagro quedaba alguno.

La patrulla se emboscó durante varios días. En una guerra de intuiciones, cada parte lleva a las batallas su cuota de experiencia. Hasta que los ronderos que acompañaban a los soldados les recomendaron no proseguir. Sabían el procedimiento de las columnas. Los invitarían a subir, les darían indicios y les asentarían el golpe. Optaron por detenerse y volver a la boca del Tsomaveni y eso los salvó de ser volados.

Al comprobar que habían desistido, los senderistas desarmaron su armatoste y volvieron a reunirse con José. Este mandó a llamar a Aquiles y, delante de otros mandos, lo premió[24]:

—Te has portado como un digno revolucionario, miembro del Partido Comunista del Perú. Eres un ejemplo.

Le entregó un revolver de seis tiros. Nunca lo usó. En los tiempos que vendrían, mantendría el arma en su mochila, limpia, envuelta en unos trapos. Le era difícil llevarla a la mano en su función de avanzadilla. Prefería usar su machete. El machete en la selva es una extensión de los brazos. De la vida. No habría casas de palma, almuerzos o caminos

24 Aquiles calcula que eso sucedió cuando tenía más o menos doce años.

limpios si no fuera por el machete. Incluso la propia vida depende de su filo, pues los encuentros intempestivos con los reptiles se resuelven a machetazos, sin dejar de mencionar que en ocasiones las afrentas entre vecinos o rivales se solucionan bajo el acento de su idioma. De vez en cuando, revisaba el revólver y lo limpiaba. Relucía, pues era de color plata y si le ponía aceite, parecía un juguete nuevo. Suponía que llegaría la ocasión de usarlo. Le molestaba, eso sí, el compromiso que le generaba. Si se trataba de escapar, podría servirle. Si lo atrapaban, constituía la prueba de que él no era otra cosa que un asesino de la misma calaña que los que lo rodeaban.

Conforme fue adquiriendo experiencia, Aquiles aprendió bastantes lecciones de cómo ser un hombre de avanzadilla. Por ejemplo, aprendió a distinguir los olores de los excrementos, orines, sudores o desperdicios para saber a qué distancia se encontraba el enemigo que los estaba rondando. A veces, el silencio le permitía toparse con animales salvajes y desprevenidos. También se fijaba en el movimiento del barro sobre el agua; y calculaba el tiempo transcurrido desde la última pisada por el nivel de turbiedad. Podían suceder cosas como cuando, en una zona de valles, avisó a la columna:

—Camarada, los ronderos han pasado por aquí hace media hora.

El mando le preguntó cómo lo sabía. Aquiles le respondió, mostrándole un desperdicio de caña de azúcar:

—Han estado comiendo caña. Está fresca. Este bagazo es de hace media hora.

Otra vez, vio que unas moscas a las que los nativos llaman shibucos estaban rondando unas hojas. Se dio cuenta de que los militares andaban cerca. Avisó a la columna y los mandos dedujeron que se trataba de una patrulla de soldados de una base no muy lejana. Por su escasa disciplina en las huellas y en dejar desperdicios, era probable que volvieran a usar el camino. Decidieron emboscarlos a pesar de que no tenían explosivos. Solo apostarían por llevarse el armamento, «confiscar». Para eso, definieron un paso obligado, pintaron una línea imaginaria que indicaba hasta dónde debía avanzar el primer soldado y a un lado enterraron a un senderista con un puñal muy filoso. Una vez que el soldado apareciera, el francotirador debía acertarle en la frente y el senderista con el puñal debía cortarle la correa del fusil y la pechera y rápidamente quitarle el armamento y los cargadores de las balas. Mientras tanto, la contención[25] usaría la ametralladora para impedir al resto de soldados reaccionar.

Para alguien que tenía que lidiar constantemente con el hambre, ser avanzadilla a veces tenía sus ventajas. Por ejemplo, le permitía llegar primero a las chacras de frutas. Podía encontrar piñas, naranjas o plátanos. Si eso ocurría, tomaba su machete, arrancaba la comida y la guardaba en su mochila[26], con cuidado de no ser advertido por los mandos, pues si lo detectaban, le dirían:

—¿Por qué le estás robando a la masa campesina?

El castigo, además de no dejarle comer la fruta, podría ser una autocrítica y la autocrítica, a su vez, terminar en una sarta de latigazos y, si estaba de mala estrella, con el repase con cuerda y cuchillo. La guerra podía mitigar la panza vacía.

***

25 La contención es una especie de reserva armada. Sirve para varios fines, entre ellos, inmovilizar a una fuerza que intenta reaccionar ante un ataque o estar a la retaguardia de un grupo terrorista que está cometiendo un atentado.

26 Aquiles utilizaba una frase muy graciosa para explicar esto: «Me iba con mi mochila bien tanqueada». «Tanquear» es una expresión coloquial que se usa en el Perú cuando se va a llenar de combustible el tanque de algún vehículo.

—Debemos tomar contacto con el camarada José. Iremos hasta Corazón —dijo Pucañahui.

Corazón o Centro Corazón era otro de los campamentos escondidos en la selva del interior, entre los ríos Anapati y Sanibeni. El camarada José dispuso el traslado de víveres desde el punto de acopio en el «Sector 5» hasta donde se encontraba. La fuerza local inició la recolección de fariña, maíz, maní y yuca durante quince días, antes de partir. Salieron en dirección del río Ene, por un lugar llamado Cañón del Diablo, demasiado lejos de cualquier forma de civilización.

Los víveres sirvieron para alimentar durante un mes a una concentración de mandos en la región. Una vez que abandonaron la carga, descendieron a otra quebrada donde Aquiles descubrió un nuevo contingente de arrasados, provenientes de varias provincias del centro del país, entre colonos y nativos, unidos por la misma situación miserable. Aquiles ya se distinguía de los demás, no solo por haber logrado capear a la muerte, sino porque su comportamiento era similar al de los tíos o camaradas. Se sentía una especie de actorcito de una obra de teatro infame. Un día de esos, el camarada José lo llamó:

—Quiero que te quedes aquí conmigo, para que seas de mi seguridad —le dijo.

—Es que debo de volver al «Sector 5», ese es mi lugar, con el camarada Pucañahui.

—¿Qué tanto haces?

—Al camarada Pucañahui le gusta trabajar, hacer chacra para cosechar.

Esa vez José no insistió en su permanencia; se dio cuenta de que Aquiles tenía miedo de padecer hambre. De alguna manera, Pucañahui se enteró de su ofrecimiento. Le preguntó por la propuesta y Aquiles le respondió que prefería quedarse con él. Estaba mejor acostumbrado. El evento en Corazón se repitió los meses siguientes y el procedimiento también: sembrar, cosechar y trasladar. Sin embargo, la tercera vez llegaron a un lugar llamado Campamento Horno, nuevamente en la margen derecha del río Ene. Lo cruzaron a pesar del peligro de hacerlo de noche. Allí, José fue más determinante:

—Ahora sí te vas a quedar.

Fue incorporado por primera vez a un pelotón armado. Se trataba del pelotón «Número 7», formado por veinte integrantes, diecisiete eran mujeres. Oscilaban entre los catorce y veinte años de edad y usaban buzo verde o azul y el cabello corto. Le asignaron una escopeta. El camarada William fue el encargado de enseñarle su funcionamiento. Una tarde, lo llevó a un área apartada, le dio el arma y le mostró, a unos treinta metros, una pava cantadora sobre la copa de un árbol.

—Tienes dos cartuchos —le dijo William.

Aquiles le apuntó y le dio con el tiro al primer intento. La pava cayó del árbol y les sirvió para la cena. Con la habilidad de tirador comprobada, William sentenció:

—Es tuya.

Recién a partir de esa dotación comenzó a ir armado en las avanzadillas. Después de una incursión volvieron a cambiarle el armamento. Le tocó una Mossber 500, calibre 12, con capacidad para seis tiros de bastante maniobrabilidad, arrebatada a un comité de autodefensa en una emboscada. Por último, le entregaron un fusil AKM 47 de 7.62 milímetros, 5 kilogramos de peso y 87 centímetros de largo. Un Kalashnikov, fabricado en la ex Unión Soviética y de uso policial en el país.

Le costó adaptarse al peso, pero entendió que debía asumir la incomodidad como algo natural. El fierro se hizo parte de él. Podía decir que estaba protegido por un arma. Por momentos, pensaba que no. Que eso lo convertía en un objetivo, que si aparecían los soldados y lo sorprendían, no le creerían que él no quería tener esa arma, y si, por el contrario, no apretaba el disparador y el camarada se daba cuenta, lo matarían. La muerte siempre era una opción.

Su rutina en el pelotón «Número 7» pasó a la de un patrullaje intenso por Soldamiento. Era un sector geográfico fuera del control estatal, entre el Mantaro y el río Tsomaveni. Abarcaba la cabecera de varios ríos, como el Anapati y el Tincabeni. Paulatinamente, en algunos de estos espacios —por ejemplo, en Mirador, Vietnamito, Chincán y Chuco— se fue construyendo una galería de túneles como hormigueros ocultos bajo las copas de los árboles. Parecían casas construidas en zanjas, con paredes de raíces, donde las columnas o la masa cautiva hacían sus quehaceres.

De esta época, Aquiles recordaría que no conocía ni la sal ni el azúcar: «Era fatal vivir así toda la maldita vida». «Pero los mandos de Sendero sí comían como en la ciudad. Decían que el comunismo era igualdad. Eso no era verdad».

Un día, José decidió ir a Vizcatán, por el margen derecho del río Mantaro. Aquella vez Aquiles conocería en persona al hombre que generaba entre las masas, pioneros y la fuerza local maldiciones y veneración. Alejandro Borda Casafranca, el camarada Alipio. Había nacido en un pequeño distrito llamado José de Secce, era mestizo, alto, de cabellos lacios y peinado de lado. Su capacidad de expresión estaba poco desarrollada. Hablaba más lento de lo que pensaba y eso no estaba relacionado con su precaria educación, sino porque su construcción mental funcionaba al revés: primero actuaba y después pensaba.

Terminó la primaria a los catorce años. En la sierra, esa era una situación normal. Al año siguiente, se marchó a Llochegua para trabajar como peón en los cultivos de hoja de coca. Estaba por Yaruri, un pequeño poblado de diez casas, a unos catorce kilómetros al oeste del río Apurímac, y vio aparecer una columna que asesinó a dieciocho campesinos por dedicarse a pisar hoja de coca. Se llevaron a los adolescentes, incluyéndolo a él. El responsable fue Óscar Ramírez Durand, conocido por esos lares como el cojo Nilo. Luego se convirtió en Feliciano. Alejandro Borda lo imitó. Primero fue Michell, luego pasó a ser Santiago y, finalmente, Alipio.

El día que Aquiles y el resto del pelotón lo conocieron, estaban a la orilla de un río y lo vieron cruzar. Llevaba un fusil terciado y, sin previo aviso, comenzó a correr, salió del agua, se dio un volantín, le apuntó a un venado que bebía a unos cincuenta metros y le dio en la cabeza. Los impresionó. Pronto, Aquiles comprendió los bemoles de su personalidad. Una tarde llegaron a un poblado y Alipio se puso a husmear en los alrededores hasta que descubrió, detrás de unas cabañas, huellas de soldado. Fue donde el dueño de la cabaña, un campesino de unos cuarentaicinco años, y le preguntó por las huellas. El campesino respondió que no había visto nada. Alipio tomó un cuchillo y le cortó la oreja.

—No mientas a un revolucionario del Partido Comunista —dijo.

Con el pasar del tiempo, ese hombre llegaría a ser considerado el sucesor natural de Feliciano.

En cada desplazamiento, Aquiles se encargaba de cargar las cosas del mando, además del armamento que le asignaran, mientras los demás llevaban víveres y artículos de primera necesidad que se le entregarían a Feliciano. Llegaron a Pampa Aurora[27].

Allí encontraron al cojo Feliciano y le dieron toda la carga. Luego volvieron a Corazón, que era un punto central para las comunicaciones y desde donde José o Pucañaui llamaban por la radio Yaesu a sus estaciones terroristas. A pesar de que durante todo ese tiempo Aquiles dio muestras de ser un partidario en el que se podía confiar sin reparos,

27 Ubicada en las coordenadas 12°19'29.34"S - 74° 9'14.58"O, en la parte norte de Ayacucho, frente al último tramo del río Mantaro.

los mandos lo sentían nativo y le daban una confianza con restricciones.

Cuando debía comunicarse con otros mandos, cada uno lo apartaba a su manera. Pucañahui era más o menos cordial. José era impositivo a su modo; Aquiles le conocía los gestos para que se apartase, y Alipio se ahorraba cualquier gesto de amabilidad:

—¡Lárgate, mierda! —le decía.

Habituado a la constante vida de nómada, Aquiles logró conocer esos parajes al dedillo. Pero no lo suficiente para escapar. Detrás de las montañas, las ciudades eran entelequias lejanas, de las que sabía de oídas. El horizonte no existía.

***

Los años en que Aquiles fue asistente del camarada José, se encargó de cargar sus cosas, pues este caminaba sin equipaje, siempre usando un pañuelo rojo con símbolos comunistas de mando. Para este tipo de recorridos, Aquiles dejaba de ser avanzadilla y se transformaba en un transporte humano[28].

En las concentraciones, que se daban cada seis meses, los mandos senderistas evaluaban el comportamiento de los integrantes de sus pelotones y los rotaban si era necesario. Por eso, en algunas ocasiones, Aquiles pasó de integrar la fuerza itinerante que se desplazaba entre Junín, Ayacucho y Cusco a quedarse estático, con la gente que producía avituallamientos, conocidos como Fuerza de Producción.

El trajín de nómada lo llevó a conocer a los mandos más importantes de la era Feliciano, como Alipio, William o Dalton. A quien pudo conocer en la intimidad fue a Víctor

---

28 Aquiles decía: «Parecía un burro, cargando sus cosas como tonto».

Quispe Palomino, el camarada José. Lo conoció cuando todavía se llamaba Martín —también fue Iván[29]—. José había sido estudiante de antropología de la Universidad San Cristóbal de Huamanga en el último tramo de los años setenta. Solo estudió un par de ciclos, pues se incorporó al Sendero Luminoso original que inició la sangrienta lucha armada en el Perú en el año 1980. Le gustaba la política de masas, dar discursos frente a los cuadros. Gozaba de una notable inteligencia estratégica y táctica, en virtud de una amplia preparación adquirida en el campo, y también en su propia casa.

Su padre fue el profesor Martín Quispe Mendoza, secretario-comisario de Sendero Luminoso, con quien participó en el ataque a la comisaría de Vilcashuamán, la noche del 22 de agosto de 1982. El ataque cobró la vida de siete guardias civiles que resistieron el asedio de su edificio de adobe y piedras con petardos y bombas caseras. El padre de Quispe Palomino terminó sus días en manos de los ronderos de Bajo Tsomaveni. Una vez que supieron de quién se trataba, fue descuartizado. Su madre, Irene Palomino, también estuvo adscrita al Partido y alguna vez fue detenida en Satipo, de paso hacia Huancayo; ciudad a la que viajaba para cumplir órdenes impartidas por Feliciano. Finalmente, terminó viviendo en Lima, alejada del movimiento que inició.

José participó en 1983 en la masacre de Luccanamarca. El lunes 16 de julio de 1984, asaltó un vehículo repleto de pasajeros de la empresa de transporte interprovincial Expreso de Cabanino, que hacía un viaje en la ruta de Lima al distrito de Soras, provincia de Sucre, en Ayacucho. No era una novedad que los senderistas atracasen las carreteras

29 Cambiar de nombre era una práctica común por razones de seguridad, para tratar de confundir a los sistemas que investigaban la identidad terrorista. El propio Aquiles se llamó Raúl, Rubén y, otras veces, Manuel.

para pedir cupos de apoyo para la lucha armada, robaran o aniquilaran a quien se opusiera a ellos.

En el secuestro del Cabanino —denominado, cuando se hizo público, el «Expreso de la Muerte»— las cosas fueron más allá. El joven Quispe Palomino se estrenaba a los veinticuatro años en la organización de una caravana de asesinos. Con las armas obtenidas en un ataque a unos policías que hacían deporte en Cora Cora, detuvieron el Cabanino en un paso obligado. Uno de los senderistas que subió al ómnibus preguntó:

—¿Quiénes son los soreños?

Los paisanos de Soras levantaron los brazos. Los senderistas estaban disfrazados de policías.

—Nosotros somos soreños —respondía uno que otro.

—¡Ah! Ustedes son los soreños. ¡Qué bien! ¡Qué lindo!

Hicieron bajar a todos los pasajeros varones y los condujeron a un paraje desolado llamado Chalapuquio, vecino al río Chicha. Eran quince en total, los ataron de las manos con los pasadores de sus zapatos, los obligaron a echarse en el suelo boca abajo y los asesinaron lanzándoles unas enormes piedras sobre la cabeza, o degollándolos.

Apenas era el inicio de una venganza. A finales del año 1983, los pobladores de los distintos anexos del distrito de Soras decidieron conformar una alianza para enfrentar a Sendero Luminoso, que ya les había mostrado el tamaño de sus garras. Se organizaron en rondas de autodefensa, se unieron a las autoridades y a la policía antiterrorista de la Guardia Civil, los Sinchis, que tenían su sede en un poblado no muy lejos de allí. Comenzaron a hacer vigilancia, e inventaron señales de alerta para avisar del peligro en las proximidades. Enviaban memoriales al gobierno pidiendo un cuartel de Sinchis, sin que les respondieran, con esa terca convicción de que no hay peor gestión que la que no se hace.

Las mujeres y niños mayores de doce años vigilaban en el día. Los hombres se dividían por turnos en la noche, mientras enviaban a sus esposas con los bebés y los ancianos a los descampados contiguos. Capturaron a varios de sus enemigos y los entregaron a los Sinchis.

El Expreso de Cabanino era un viejo Volvo de nariz alargada, con un motor anciano capaz de trepar la cordillera sometiéndose a nubes de polvo. Era mejor que el transporte local en camiones, donde los viajeros compartían el trayecto con el ganado. Una vez por semana, el Cabanino hacía la ruta lenta e insegura, al borde de los precipicios que circundan las montañas. Su llegada era una alegría, pues venían las visitas, las noticias y les confirmaban que no estaban solos en el mundo.

Cuando fueron detenidos, los pasajeros creyeron que los asaltarían. José ordenó a sus camaradas que abordaran el ómnibus, y prosiguieron el viaje hacia Doce Corrales, un poblado de comerciantes donde mataron a toda persona que se cruzó en su camino. Los esposos Tomás Santaria Rodríguez y Paulina Quispe de la Cruz estaban en el terminal, esperando la llegada de uno de sus hijos, cuando fueron atacados. Sus otros hijos salieron a defenderlos sin suerte, y conforme los sorprendidos pobladores del poblado aparecían en la escena, alertados por los tiros o los alaridos, iban siendo ultimados, hasta que completaron las veinticuatro personas asesinadas.

Los senderistas volvieron a subir al bus y continuaron hacia a Chaupihuasi, el anexo vecino. Los pequeños alumnos de la única escuela estaban recibiendo sus lecciones de primaria y, de improviso, vieron aparecer a unos camaradas. Detuvieron las clases, dieron una lección de doctrina al paso y enviaron a los estudiantes a sus casas. En su reemplazo, trajeron a sus padres, los juntaron y les explicaron a gritos las razones revolucionarias por las que dejarían de vivir. Ese día había nevado y la sangre fue dándole color a la nieve.

Luego marcharon hacia Soras, la capital distrital, y en los parajes se encargaron de acabar con quien surgiera en su camino. Ya había oscurecido. Los ronderos vieron el bus aparecer por las curvas contiguas y salieron a darle el encuentro. Descendieron uniformados con linternas encendidas. El jefe de la ronda preguntó por su identidad y un terrorista le respondió:

—Somos guardias civiles. Estamos viniendo para apoyarlos contra el terrorismo.

Confiaron y comenzaron a delatar sus cargos. Fueron interrogados por la última visita de las patrullas militares en la región y la forma como estaban organizadas. Al rato, algunos comenzaron a sospechar, pues por lo general, los policías o militares que habían visto anteriormente no tenían problemas de dicción con el idioma castellano y quienes estaban frente a ellos parecían más bien quechuahablantes o aprendices de español.

Se dieron cuenta demasiado tarde. Los senderistas llevaron a los diecinueve ronderos a la pequeña plaza, los pusieron de cúbito ventral y los asesinaron con fusiles y cuchillos. Para el ocaso del 16 de julio, habían matado a ciento ocho personas de siete localidades diferentes. El anexo de Chaupihuasi prácticamente quedó sin habitantes. A las diez de la noche, tomaron el rumbo inverso y desaparecieron.

Culminado el genocidio de Soros, José se presentó en Selva de Oro, donde fue director de la pequeña escuela local, obedeciendo las líneas partidaristas del PCP, orientadas a enquistarse en las zonas más alejadas del país.

Andaba con una parabólica y un televisor que le permitían acceder a las noticias, de las que sacaba resúmenes, hacía interpretaciones y luego comunicaba a las masas. Impuso la práctica del ajedrez, y se le consideraba un eximio jugador. Cuando Aquiles estuvo más grande, siguiendo las indicaciones de José, organizaba campeonatos de ajedrez, y los triunfadores eran agasajados con premios revolucionarios, como jabón, sal o algún otro artículo de primera necesidad.

La única lesión de guerra conocida de José estaba en una de sus nalgas. Había sido herido por un ataque con perdigones y también le faltaba el dedo meñique de la mano derecha, que se voló cuando manipulaba explosivos de pólvora negra. Se volvió intuitivo y por eso se movía entre los campamentos con una simetría únicamente entendida por él. Empleaba con pericia los medios de comunicaciones; no solo por la necesidad de controlar a sus tropas desperdigadas en los inmensos espacios selváticos, sino porque sabía que era rastreado constantemente por las fuerzas del Estado. Le gustaba asediar a las mujeres jóvenes de los pelotones, chicas entre dieciséis y veinte años. Aquiles le contó las siguientes, además de Elena, su primera esposa y madre de sus hijos: Carmen, Andrea, Elisa, Gladis, Elena, Gaby, Magaly, Nancy, Rosita y Clara. A muchas de ellas las internaba en el bosque y las violaba. Las celaba a todas, les prohibía que se les acercaran otros jóvenes. Si una fémina no respondía a sus amores o le hacía un desplante, se ponía de mal humor y el mar humor de José no era poca cosa. Al ser presa de esa combinación imperfecta que constituyen el trago y la debilidad por las mujeres, desencadenaba episodios de furia incontenible. Los mandos cercanos ya sabían que cuando lo veían bebiendo, debían ocultar su fusil porque en sus arranques desataba tiroteos. Aquiles opinaba:

—El camarada José parecía que sí tenía un poco de corazón.

Lo decía por su gusto por la música y, claro, por sus amoríos. Prefería las baladas y la salsa romántica. Cuando se emborrachaba, pedía temas de Manolo Galván y José Luis Perales. En las concentraciones, José ponía las canciones y encabezaba los bailes. Trataba de ser una especie de hermano mayor, aun cuando entre sus propios hermanos carnales, los camaradas Raúl y Gabriel[30], el único vínculo eran las consignas del Partido.

—Aquí cada uno baila con su pañuelo —les decía.

A veces, sus subordinados trataban de agradarle y le cocinaban lo que más le gustaba: el sudado de pescado. En otras ocasiones enviaba a su cazador particular, el camarada Mario, a internarse para que le consiguiese aves del monte. Aquiles pensaba:

—Él es feliz. Tiene todo a la mano.

***

En esos meses de 1999, Aquiles no lo sabía, pero el camarada Feliciano estaba viviendo sus últimos momentos de libertad. En una nueva concentración y redistribución de cuadros, Aquiles pasó a formar parte del pelotón de Alipio, en la Compañía Sur, encargada del bastión de Vizcatán. Parecía ser más de lo mismo. Caminar incansablemente y dormir con la ropa mojada. Feliciano experimentaba dificultades y constantemente se mudaba. Construía una serie de búnkeres y vivía rodeado fielmente por sus nueve mujeres, que no dejaban que sea visto por los otros integrantes de las columnas.

Hasta que un día Alipio dijo: «Alístense, camaraditas. Tenemos que ir para la sierra». El secretismo de los mandos no le dio muchas luces a Aquiles sobre la dirección por la que incursionarían. Tomaron las alturas de quebrada Parhuamayo, una región por donde hasta hoy narcotraficantes y terroristas ascienden hacia Putis, y caminaron durante meses. El clima cambió conforme pasaban por

30 Sobrenombres de los hermanos Jorge Quispe Palomino y Marco Antonio Quispe Palomino, respectivamente.

Pulpería y Tircus[31], hasta que llegaron a un puente llamado Tununtuari y detuvieron a una camioneta de mercaderes.

Era la primera vez que Aquiles veía un carro. Era una vieja camioneta Dodge, de cuarto o quinto uso, capaz de hacer ascensos desde la costa hasta esas periferias. Le pareció una máquina extraña, con un rugido de animal. Disimuló su asombro. El conductor y su ayudante, aterrorizados, abandonaron la carga; pilas de arroz, harina, lenteja, sal y garbanzos, a cambio de permitírsele seguir con vida. Alipio quiso, a su estilo, suavizar el asalto:

—Es una contribución al Partido. Cuando se tome el poder, se le devolverá. ¿Está de acuerdo?

Por supuesto que estuvieron de acuerdo. No había nada que reclamar. La columna llevó la carga hacia un punto de acopio, en el mismo Tircus. Aquiles contuvo la sorpresa, de nuevo, cuando sintió el ronquido del motor y lo vio avanzar y bordear las curvas. Varias veces asaltaron vehículos y llevaron los alimentos a las alturas, sin que ellos mismos pudieran disfrutar de la comida. Aquiles se dio cuenta de que el destinatario de esta era Feliciano. «Parecemos burros de carga», pensaba. Y eso incrementaba su deseo de escapar y de que algún día sería libre como esos camioneros que iban y venían por los caminos de la puna y la selva. A ratos, le gustaba pensar en lo que haría con su libertad. Lo hacía a chispazos, porque soñar despierto estaba prohibido. Cuando algunos campesinos se resistían a dar recursos para la sustentación de Feliciano, este le ordenaba a Alipio que ajustase las cuentas. Alipio era eficiente.

Fue en una de esas andanzas cuando se les acercó Braulio, un campesino dedicado al sembrío de hoja de coca en una quebrada que desemboca en el río Apurímac. Llegó llorando y se puso delante de Alipio. Le dijo:

---

31 Ubicado en el distrito de Sivia (Huanta, Ayacucho), en las coordenadas 12°39'9.60"S - 74° 4'18.10"O.

—Camarada Alipio, me han asaltado unos rateros. Me han robado mi droga y han matado a mi papá y a mi primo.

El campesino los condujo hasta la entrada de una casucha donde encontraron los dos cuerpos todavía chorreando sangre. Las huellas de los ladrones estaban frescas y conducían al camino de Pulpería. Alipio decidió perseguirlos, solo con Aquiles y Mendoza de escolta. Tras varias horas de marcha, les dieron alcance. En ese último tramo, los ladrones se dieron cuenta de que estaban cerca de ser cogidos y les dispararon, inútilmente. A cambio, fueron heridos por tiros de retrocarga. Uno pudo escaparse, lanzándose por un despeñadero. Tenían en su poder siete kilogramos de pasta básica de cocaína. Cuando los alcanzaron, Alipio reconoció a uno de ellos. Se llamaba Mario Vigil y era un joven de una población cercana a Chola Valdivia. Alipio le preguntó:

—Vigil, ¿por qué has hecho eso con Braulio? Le has robado su droga y has matado a su papá y a su primo.

—Discúlpeme, camarada. No queríamos matarlos. Se pusieron bravos y se nos pasó la mano, forcejeando.

—¿Y ahora? ¿Qué hacemos?

—Discúlpeme, camarada. No lo vamos a hacer de nuevo. Pagaremos lo que sea.

—Vigil, lo siento mucho. Eres mi amigo, pero te voy a tener que matar. ¿Qué le hacemos?

—Por favor, camarada, no me mate. Usted conoce a mi familia, a mis papás y a mis hermanos. Se van a poner tristes si es que no regreso. Si quiere le pago, tenemos plata.

—Uy, no, Vigil. No creo que pueda hacer esto. Hay reglas y tengo que respetarlas. Si no, qué va a decir la gente. Somos revolucionarios, no pastores de la iglesia. Nosotros no perdonamos. Dicen que eso solo lo hace Dios y yo no creo en Dios, soy comunista.

—Por favor, camarada Alipio. Piense en mi mami. ¿Qué va a decir?

—Vigil, eso debiste pensar antes de hacer lo que hiciste. Igual, les mandaré el encargo a tus papás y a tus hermanos de dónde pueden encontrar tu cuerpo, cosa que no se lo lleven los tigres o se lo coman los buitres.

Cargó su fusil y les disparó a los dos muchachos en el estómago. El segundo demoraba en morir, y para que no agonizara, lo remató de un tiro en el pecho. «Al menos, sabrán quiénes eran», dijo, para explicar por qué no les había dado en la cabeza. Tomó los paquetes, volvieron a la casa del campesino Braulio y le entregaron la droga robada, con el recado de mandar a avisar a la familia de Vigil dónde encontrar su cuerpo.

El campesino agradeció y le dijo a Alipio que era un hombre justo.

La actividad de las otras columnas no se detenía y los propios senderistas se encargaban de difundir que lo suyo no era una derrota, sino una ofensiva. Desde mayo hasta julio de 1999, mientras se fueron desencadenando una serie de acontecimientos que tenían que ver con el destino de Sendero Luminoso, las columnas ingresaron a Tambo Pacucha, Yananya San Juan, Boca Tsomaveni Boca-Anapati y asesinaron a nueve ronderos, les robaron armamento, escopetas y munición que usaban para la caza o para defenderse. Las tropas acantonadas en bases de los diferentes valles con presencia terrorista, tampoco la pasaron mejor. Varios helicópteros fueron atacados mientras intentaban aterrizar o elevarse y por lo menos media docena de soldados fueron sorprendidos por trampas cazabobos o minas dejadas en pasos obligados.

El camarada Feliciano estaba a punto de caer. Exploró un tiempo Carrizales, hasta donde se aproximaron para ayudar a los campesinos en sus sembríos y sondear si llegaba el Ejército. Feliciano ordenó que quince hombres lo acompañaran hacia la sierra. Aquiles fue uno de los elegidos. Los formó, se puso frente a ellos y les habló:

—Camaradas, ustedes van a ser parte de nuestra seguridad. Las chicas van a continuar haciendo su guardia, solo que primero irán ustedes, y nosotros detrás.

Aquiles se enteró de que la mujer de Feliciano había decidido no retornar desde Lima. Las otras nueve decidieron seguirlo. Era una tribu de condenadas. Aquiles no podía entender qué atractivo tenía ese hombre para poseer tantas amantes a la vez. Había visto mandos igual de pendejos, pero que mantenían a sus mujeres lejos las unas de las otras. Feliciano las tenía juntas. Por si fuera poco, la cojera no le permitía caminar con facilidad y apenas podía avanzar tres horas al día.

Uno de sus últimos puntos fue Ranrapata. De allí bajó a Huancamayo[32] y Balcón[33]. Agobiado por el dolor e impedido de seguir su trayectoria laberíntica, envió a un grupo para que alquilara un caballo e hiciera menos trágica su situación. Ese pendejo de Feliciano ya no quería caminar. Hizo alquilar un caballo, un día como a las tres de la mañana. Se había cansado, pensó Aquiles. Eso le permitió a Feliciano llegar a la cueva de Achirayoc —una vieja referencia geográfica usada por los guerrilleros que se aventuraron a tomar las armas en 1965— y establecerse allí. Ordenó que la columna que lo acompañaba tomase contacto con los agricultores e «hiciera chacra» para alimentarse. Eran lugares tan recónditos, de nieves casi perpetuas, que no tomaban demasiados cuidados en mostrarse. Nadie en esas latitudes podía imaginar que tenían en su vecindad a uno de los hombres más buscados del Perú.

Aquiles estaba trabajando, junto a su amigo Mendoza, en la chacra de un campesino a cambio de alimento. También molían caña en un trapiche para hacerse de miel,

32 Ubicado en las coordenadas: 11°57'40.71"S - 74°37'52.12"O.
33 Ubicado en las coordenadas: 11°52'54.61"S - 74°40'0.25"O.

chancaca y trago, y combatir el frío de las punas[34]. Desde donde estaba, vigilaba la posición. Formaba parte de un anillo que debía informar de cualquier presencia anómala a los custodios de Feliciano. Hasta que un día dos hombres bajaron a decirle: «Preséntate al camarada Feliciano, te espera arriba». Se aproximó y lo vio por primera vez frente a frente. Llevaba una barba tupida de muchísimos días. Sus ojos eran un par de puñales, penetrantes, y le hablaba con un dejo ajeno al campo selvático, cuyas jotas suelen convertirse en pequeñas efes. Tenía una forma de hablar como de ciudad, precisamente como en el sur del país.

—¿Tú eres Aquiles? —le preguntó

—Sí, mi camarada.

—Me vas a cumplir unos encargos.

Aquiles asintió. Se dedicó en solitario a cumplir encargos menores o a dejar recados a los mandos diseminados en el área. Hasta que recibió una tarea de más riesgo: debía de ir hasta Huachocolpa, un distrito a unos dieciocho kilómetros de distancia, y espiar la rutina de la base militar, el número de soldados y si se alistaban más patrullas de lo normal. Se tomó varias jornadas en ir, observar y regresar con su reporte. No le fue fácil. En cualquier caserío pequeño la presencia de un extraño enciende las alarmas y evadir la presencia humana o el olfato rabioso de los perros lo obligaban a preferir los parajes alejados. Volvió con una descripción exacta de lo que contempló. Se topó con la inusitada presencia de informantes a caballo. Pudo percatarse de que Feliciano se comunicaba por radio —mucho después supo que sostenía un diálogo constante con el camarada Raúl, quien trataba de hacerlo caer en una trampa— y que su alimentación era de una sola comida diaria. Hasta que, nuevamente, lo llamó a su presencia.

34 Una parte de las cosechas o productos se entregaba a Feliciano y sus mujeres.

—Ahora irás a Huancayo. Hay varios cuarteles. Debes hacer lo mismo, averiguar si están moviendo gente. Te daré unos tres mil quinientos soles para que puedas estar cómodo.

—No, mi camarada. No puedo ir para Huancayo.

—¿Por qué no puedes? Es una orden.

—Es que nunca he ido a una ciudad.

Feliciano se dio cuenta de que le estaba diciendo la verdad. Si bien era cierto que Aquiles no tenía el menor concepto de lo que era una ciudad, intuía que se trataba de un espacio demasiado extenso para entrar sin cometer un error. Además, hasta ese momento tampoco sabía para qué servía el dinero. A Huachocolpa solo llevó el fiambre típico para sostenerse. Machica, cancha salada y papa deshidratada.

—Aprecio tu sinceridad, Aquiles. Llamaré a otro para ese encargo, no te preocupes.

Feliciano no dejaba traslucir su desesperación, aunque no pasaba desapercibida. El incremento de caletas para esconder armamento o munición y deshacerse del peso extra, el envío de dinero a lugares dispersos o el propio hecho de desprenderse de una de sus amantes, la camarada Bertha, para que retome contacto con el camarada Artemio, el principal senderista asentado en la región del Huallaga, no eran sino una señal de que su mandato estaba concluyendo.

Un día, oyeron un disparo. La seguridad reaccionó rápido, tomaron sus armas y corrieron a sus ubicaciones. No vieron nada. Feliciano mismo había disparado, tratando de cazar un cuculí. En sus ganas de quitarse el estrés, alarmó a la población vecina, que comenzó a darse cuenta de que los camaradas que alternaban con ellos en las labores agrícolas ocultaban un huésped oscuramente ilustre. Partieron. Uno de los últimos lugares a donde llegó fue Otorongo[35]. Ubicado al pie de un nevado, tenía una treintena de casas

35 Otorongo está ubicado en las coordenadas 11°53'20.89"S - 74°49'20.13"O.

dispersas y una escuelita a donde asistían los hijos de los pastores de rebaños de la puna. Aquiles observó que desde ese nevado nacían dos ríos, uno que bajaba hacia el oeste y otro hacia el este. En ambos casos, desembocaban en el Mantaro, mucho más al sur. Feliciano ocupó el local de la escuela y le ordenó al resto que fuera a la parte alta. Aquiles renegó por el frío. Mendoza le dijo:

—Aquiles, al menos nos vamos a tomar el trago.

Mendoza aceptaba esos designios con honor. Para él, el Partido Comunista iba inexorablemente hacia la victoria. En una de esas, Aquiles sintió que lo llamaban:

—¡Aquichooooooo…!

Era Feliciano. Estaba utilizando el nombre coloquial con el cual lo conocían los más cercanos. Eso denotaba confianza. Aquiles bajó corriendo:

—Dígame, mi camarada.

—¿Ves esos patos?

Feliciano señaló una laguna próxima, donde flotaban unos patos silvestres.

—Sí, mi camarada.

—Cázate dos. Me los traes. Y si no los matas, entrarás a bañarte.

Aquiles cumplió la orden, apuntó y retornó con las presas, como si trajera un producto de *delivery*.

—Aquí está su pedido, camarada Feliciano.

—Muy bien, Aquicho. Te elegí por eso. Por tu puntería.

Bajaron de las nieves y tomaron contacto con unos camaradas que formaban otro cerco. El lugar se llamaba Jalla Lampa y allí vivía un pastor de ovejas al que se le conocía como el tío Julián. Parecía un pastor cualquiera, de esos que había visto por las montañas. No era así. Lo descubrió cuando Feliciano le ordenó a él y a una camarada, llamada Raquel:

—Vayan hasta donde el tío Julián y pídanle que les entregue dos carneros.

Aquiles dejó su escondrijo y tomó una ruta de herradura, dándole seguridad a la mujer. De lejos, divisó el rebaño de carneros que pastaba sobre una pampa. El tío Julián estaba en las inmediaciones. Raquel se acercó. Él la miró con familiaridad. No le sorprendía su presencia:

—Tío Julián, vengo de parte del camarada Feliciano. Dice que le envíe dos ovejas para que coma.

—Uy, no se puede, camarada —respondió Julián—. El dueño me ha encargado sus carneros y los cuenta. Si les doy se va a molestar conmigo y me va a decir que por qué les he dado. Si fueran míos, podrían llevarse todos los que quieran.

Aquiles y Raquel volvieron con la negativa del tío Julián. Feliciano montó en cólera:

—¡Cómo que no quiere! ¡Qué mierda! ¡Si nosotros lo hemos enviado para que trabaje allí! ¡Te tiene que dar! Si no te da, lo vamos a devolver a donde la masa. Él es de la masa.

Raquel volvió con la orden donde Julián:

—Dice que le envíe los animales o lo mandamos de vuelta donde la masa.

Julián, mascullando su rabia, les entregó uno. Raquel le reiteró: «Son dos». El pastor, más preocupado del rebaño que del peligro que significaba para su vida, les rogó:

—¿Y qué le voy a decir al dueño cuando venga a contar? Voy a tenerle que echar la culpa a los pumas que se han comido este o se ha caído al abismo.

Cuando Feliciano se dio cuenta de que Julián no le temía, ordenó a una columna cercana que lo fuera a buscar y lo regresaran a la masa cautiva. Murió en el camino.

El Ejército apareció por las inmediaciones de la retirada. Cientos de soldados arribaron a la zona traídos desde Lima en aviones y comenzaron a copar las rutas y poblados. Feliciano eligió un lugar elevado para esconderse y con el pelotón de seguridad construyeron una escalera con palos y bejucos. Vivía el último capítulo de su historia.

Estaba tan sitiado, que el propio Alberto Fujimori apareció por la región y dio una declaración a los medios de prensa: «Está a tiro de fusil». Arrinconado, Feliciano salió de su escondite y reunió a su grupo para decirles:

—Me estoy yendo a encontrar con otros camaradas a planificar un nuevo trabajo. Si los necesito, los volveré a llamar. Solo seguirán conmigo Pablo y Agustín.

Lo aplaudieron. Mendoza le dijo: «Seguro se está yendo a hacer un nuevo y gran trabajo, camarada». Había oscurecido y en esa penumbra fue la última vez que lo vio. Aquiles pensó que, a lo mejor, los asesinaban. Se tranquilizó a medias cuando Feliciano le dio disposiciones a Mendoza para que avanzaran hasta encontrarse con uno de los hermanos Quispe Palomino —el camarada Gabriel— y, una vez juntos, alcancen a Alipio.

El pelotón de Aquiles reemprendió la marcha sorteando los caminos, andando solamente de noche para evitar a las poblaciones y a las patrullas militares que incesantemente se movían de comunidad en comunidad. Pronto, la comunicación con Feliciano cesó. Recién cuando avistaron Otorongo tomaron contacto radial con el camarada Gabriel y este les dio el nuevo rumbo que debían tomar: Púcuta, donde Alipio los esperaba. El movimiento era intenso; cada vez con mayor frecuencia se topaban con grupos de soldados —tan agotados y hambrientos como ellos— y los obligaban a tomar alturas. Eso les imposibilitaba montar una emboscada a la cual sacarle provecho[36] y terminaron perdiéndose. Recién retomaron la comunicación a los diez días.

En el arribo a Púcuta los alcanzó la noticia. Una patrulla del Ejército había apresado al camarada Feliciano en

36 La presión ejercida por el Ejército Peruano esos meses fue altísima. Aquiles relataba: «Donde salíamos, estaba la patrulla».

Cochas, un caserío no muy lejos de Huancayo, la capital del departamento. A pesar del intenso movimiento, la captura en sí misma no había tenido ribetes de espectacularidad. Un capitán de la Policía Militar —una unidad de guarnición— que controlaba el paso obligado de una carrozable interdistrital detuvo un microbús y vio a varias mujeres haciéndose las locas y a un pasajero que fingía dormir. El capitán había sido alumno del hermano de Feliciano[37] —un disciplinado oficial que fuera su instructor en la Escuela Militar de Chorrillos— y lo reconoció. Solo existía una fotografía del mando terrorista, la captura de pantalla de un video en el que compartía una fiesta con el máximo líder terrorista del Perú, Abimael Guzmán Reynoso. Pocos sabían con exactitud cuál era la forma de sus facciones.

El sentimiento que discurrió entre las masas fue de profunda pena. La forma en que vivían o habían sido concientizadas, el poco horizonte que les permitía la imaginación y el hecho de no saber quién conduciría en adelante sus destinos, precarios, ligerísimos, siempre a tiro de fusil o al filo de un cuchillo o con el cuello en las almas de una cuerda, los dejaron más vulnerables que nunca. Las mujeres se pusieron a llorar y decían entre ellas: «¿Y ahora quién nos va a comprar zapatos?». «¿Quién nos va a dar nuestra ropa?». «¿Quién nos mandará?». Parecía el gemido de varios animales heridos, atrapados en un matadero.

Estaba por comenzar otra época; un imperio miserable se superponía a otro. En una máquina de escribir, bajo la protección de un pelotón armado, uno de los hermanos Quispe Palomino escribía un mensaje a sus huestes recién

37 El propio padre de Feliciano fue oficial del Ejército Peruano. Se trataba del general Óscar Ramírez Martínez, quien contó a la prensa peruana lo que le dijo a su hijo cuando se enteró de su decisión de integrar Sendero Luminoso: «Dios quiera que nunca nos veamos frente a frente en el campo de batalla, porque yo dispararé por mi honor de militar y por el amor que le tengo a mi patria». Cuando ya se hablaba de su inminente captura, el general Ramírez no lo volvió a dudar: «Si se resiste, hay que liquidarlo».

descabezadas: ahora sí se iniciaba la «heroica guerra popular democrática agraria», el glorioso Partido y las demás organizaciones revolucionarias comenzaban a tomar su verdadero cariz gracias al fracaso, derrota y depuración de las dos líneas oportunistas —la de Abimael Guzmán y la del traidor de Feliciano—. Los dirigentes de niveles inferiores del Partido aceptarían esta depuración y principalmente la escisión definitiva del genocida y terrorista revisionista de Guzmán, para comenzar a asumir su papel de dirección por necesidad y casualidad históricas.

Aunque, hablando a pie descalzo, para el actor Aquiles y los demás arrasados, sería una continuación de su vida de esclavitud, tan deplorable, solo que el esclavista no estaba dibujado en folletos con el brazo alzado. El esclavista iba a vivir con ellos.

La escuela

Siempre recibo comentarios en los que me expresan que la vida intelectual es incompatible con la milicia. Sin embargo, la carrera de un militar y de un escritor tienen mucho en común. En primer lugar, un escritor se debe fundamentalmente a un método, cosa que en el Ejército uno va a adquirir por la razón o por la fuerza. Lo segundo es que ambos se alimentan de la imaginación. En un país como el mío, ese talento se requiere a raudales, para hacer más viable la vida en esos parajes tan lejanos, donde es precisamente el ingenio lo que hace que la vida pueda ser sostenible. Además, como militar tuve la fortuna de conocer a muchísimas personas con historias que valían la pena ser contadas. Habían combatido al terrorismo en casi todo el país, en todas las condiciones posibles, y se pasaron la vida en eso: peleando, desde el primero hasta el último año de su carrera. A veces, volvían a sus casas al cabo de varios años y, cuando sus hijos les abrían la puerta, salían corriendo porque no los reconocían.

Quizás este evento lo ilustre mejor. En el área de infantería, cuando estaba en tercer año, teníamos tres tenientes. Jesús Vera Ipenza, Julio Díaz León y Armando Abanto Crespo, a quien los cadetes conocían como «Abantoman», por la cantidad de distintivos que tenía en su uniforme, entre los que lucía el de Lancero, en el Ejército de Colombia. A veces, veía que los tenientes se desaparecían sin razón aparente y regresaban agotados. Díaz León me daba órdenes sobre la administración de las tres secciones de infantería que tenía mi compañía y reaparecía en la instrucción de los jueves o viernes. Aprendí de él el valor de los lanzacohetes RPG 7v en la batalla de Yom Kippur, algo que yo también enseñaría como instructor en otras academias y cuya efectividad comprobaría personalmente.

Un día, a la hora que salíamos a hacer entrenamiento físico, vi que un grupo de cadetes no iba hacia el patio, sino a la cafetería. Pensé: «Los van a castigar». El cadete Jorge Zuazo me dijo: «Creo que están tomando la residencia, fíjate en tu teniente». Fui a ver. Era el 22 de abril de 1997. Vimos a nuestros instructores combatiendo, en vivo y en directo, rescatando a los rehenes secuestrados en la residencia del embajador de Japón por el Movimiento Revolucionario Túpac Amaru. Días después, cuando regresaron convertidos en capitanes, porque los ascendieron, andábamos ansiosos de saber los detalles de la operación de su propia voz.

Eso era lo que hacía intensa la vida de la Escuela Militar de Chorrillos. Solíamos preguntarles a los oficiales más experimentados cómo sería la vida que enfrentaríamos. El teniente Marco Romero, por ejemplo, tenía casi una treintena de emboscadas y era un milagro que siguiera vivo. Cuando inquiríamos sobre cómo aprendió a lidiar en esos espacios brutales, nos respondía: «Te acostumbras».

La realidad ya nos merodeaba. Una tarde, en uno de los almuerzos en el comedor del segundo piso de la Escuela Militar, apareció un oficial y ordenó callarse. A esa voz, todos dejaron de comer y de hablar. El oficial gritó:

—¡Cadete de cuarto año Da Cruz!

El cadete al que llamaban estaba muy cerca de mí. Respondió: «Presente», y el oficial le pidió que lo siguiera.

A la salida supe que lo habían llamado para comunicarle que su padre, el comandante Javier Da Cruz del Águila, piloto de la aviación del Ejército, acababa de morir en el ataque a un helicóptero. Los hermanos Quispe Palomino inauguraban una nueva etapa de la guerra. Nosotros no lo sabíamos desde donde estábamos; recuerdo que sentimos sorpresa y frustración y no solo por Da Cruz —quien, emulando el valor de su padre, también decidió hacerse piloto—, sino porque en la misma emboscada cayó el teniente Robertson Soto Ruiz, quien fue nuestro cadete. Era un muchacho enérgico e inteligente, nacido en Trujillo, al que recuerdo diciéndonos cosas en formación, con el pecho inflado y la jineta de brigadier de infantería. A poco de graduarnos, aquella pérdida fue una especie de talán sobre lo que vendría para la próxima generación de oficiales que egresábamos de la Escuela Militar. El valle de los ríos Apurímac, Ene y Mantaro seguiría siendo un campo de batalla. En ese tiempo no se llamaba como ahora:

El VRAEM.

IV. El reinado de los Quispe Palomino

Significado del nombre o apellido
Quispe: «el que brilla».

El cojo Feliciano fue presentado por las autoridades peruanas, no de la forma en que era costumbre por esos años: traje a rayas, un número a la altura del pecho. Feliciano apareció con una chompita marrón y una camisa clara que parecían comprados en un mercado de ropa usada. Tenía los ojos empequeñecidos y extraviados, como si lo hubieran despertado de una siesta en un lugar inapropiado, en el corolario de una borrachera colosal. Sobre la frente, había caído un mechón de cabello que no se dejaba gobernar. Ni bien los flashes lo apuntaron, extendió el brazo a media asta y mostró el puño cerrado.

No llevaba la convicción de los terroristas que le habían antecedido en el mismo escenario. Ese brazo extendido y ese puño cerrado no venían con arengas a la lucha armada, con esa explosión de mártir que ruge de júbilo, pues su captura era un recodo revolucionario, un hito necesario en la construcción del camino del marxismo-leninismo-maoísmo. Ese hombre no daba miedo. Las cámaras lo seguían, los ojos, nuevamente, se le perdían en el piso rojizo. Parado sobre la tarima, la escena era pobrísima si se le comparaba con el recuerdo de los afiebrados líderes detenidos años antes, en jaulas espaciosas como para albergar cómodamente a una familia de leones.

Paulatinamente, las fuerzas que vinieron en la búsqueda del cojo Feliciano se retiraron y la sierra se calmó. Esa tranquilidad facilitó los desplazamientos y la tierra quedó libre para guarecerse. Las columnas estaban ahora bajo control de cinco experimentados senderistas: los camaradas José, Alipio, Dalton, William y Gabriel, y ellos, junto a las fuerzas locales y las masas, confluyeron en una región llamada Caracol, para una concentración de las más importantes en los últimos tiempos.

Allí se llevaría a cabo una elección en la que se decidiría quién pasaría a encabezar el Partido, cuyo nombre mutaría a Militarizado Partido Comunista del Perú; marxista-leninista-maoísta, principalmente maoísta. Aunque en la línea de sucesión natural, le correspondía a Alipio ejercer esa dirección por sus capacidades militares, los propios mandos optaron por hacerlo de una forma democrática. Así que sentaron a Alipio y a José en dos sillas y les dieron unos minutos a las masas para pensar a cuál de los dos elegirían. Aquiles podía escuchar entre los electores sus inclinaciones: «Si la fregamos, Alipio va a comenzar a matarnos, en cambio José te hace una crítica dos o tres veces y recién allí te mata». Eso lo convertía en una mejor opción, dentro de la lógica de esa precaria supervivencia.

Una vez que se dio la orden, las masas se colocaron detrás de cada uno de los candidatos. No fue necesario hacer el conteo de votos; la gran mayoría se inclinó por el camarada José. Alipio, con cierta decepción, aceptó la decisión popular.

Pronto, los hermanos Quispe Palomino harían gala de sus conocimientos. En primer lugar, buscaron el desprestigio total de Feliciano, acusándolo de «traidor y capitulador»; contaron que ellos, a través de Raúl, uno de los hermanos del clan, proporcionaron al Ejército Peruano información para cercarlo[38]. Luego, crearon un plan que llamaron

38 Este es el testimonio del camarada José, como si se tratara de una estrategia, aunque hay varias pruebas que indican que fueron otros factores los que configuraron la captura de Feliciano.

«Capitulación». Aprovecharon la credibilidad que Raúl se había forjado en los sistemas de seguridad por su participación en la caída de Feliciano para aparentar una rendición. Mientras tanto, se daban tiempo para reorganizarse.

Raúl había llegado de una manera poco imaginable. Es probable que no se le haya ocurrido, pero a veces la suerte nos pone a puertas de una jugada maestra y eso fue lo que sucedió. Fue capturado en las inmediaciones de Huancayo, en junio de 1999, y a cambio de una serie de beneficios, aceptó colaborar con las fuerzas de seguridad, con el único afán de capturar a Feliciano. La treta consistió en atraer a Feliciano hacia un área donde pudiera ser más vulnerable, fingiendo estar en libertad.

Fue un éxito. Con ese prestigio, se comprometió a dar el siguiente paso: buscar la rendición de sus hermanos. Iniciaron los tratos con una mesa de diálogo, en un paraje llamado Paquistán, que incluyó gestos de buena voluntad de ambas partes. Pasadas dos semanas, el 23 de setiembre de 1999, las negociaciones continuaron en un helipuerto que ellos mismos acondicionaron en las inmediaciones del río Saniveni. Pusieron como interlocutor al camarada Dino. Invitaron a la comitiva sudado de shima, un pescado de río de buen sabor. Para mostrar sus intenciones entregaron unas crías de ronsoco y sajino. Dino les dijo:

—Uno es para Fujimori y el otro para Montesinos, de parte del camarada José.

Los Quispe Palomino se dieron cuenta de que eran subestimados y eso los fortaleció. Concluida la tercera mesa de diálogo, José opinó:

—Esto es un chocolate con veneno. Lo comes, mueres. Es un anzuelo, con exquisita carnada. Pejerrey que come, pescado frito.

—¿Y seguiremos dialogando? —preguntó Alipio.

—Sí. Solo que ahora nos toca el diálogo a través del lenguaje de las armas.

El 2 de octubre, a las dos de la tarde, se instaló la última mesa de diálogo. Tenía una diferencia sustancial con las anteriores. Estaba dinamitada. Cuando el helicóptero posó, se activaron las cargas explosivas y lo demás fue un concierto de balas. La destrucción de la aeronave costó la vida a cinco oficiales del Ejército y fue el primer episodio de la recuperación de la capacidad de fuego del nuevo Sendero Luminoso: tres ametralladoras, un fusil y otros pertrechos. José justificó el ataque en un escrito que circuló por el valle, en el que decía que «el enemigo, al igual que con Gonzalo, soñó habernos dado la estocada final, pero se equivocaron. Pensaban que los que habíamos quedado éramos un montón de arena suelta, unos huerfanitos hambrientos, enfermos, abandonados, en harapos y unos desahuciados del monte que buscábamos sollozantes a nuestros padres y que necesitábamos ayuda de un bendito redentor».

No sería necesario aclarar que la guerra proseguiría.

***

Jorge Quispe Palomino, el camarada Raúl, se presentó de nuevo al campamento terrorista. Sabía que José, su hermano, podía matarlo. No se equivocaba. En su legislación propia, los hermanos biológicos no eran un vínculo tan respetado, y ni bien se presentó, José —que anteriormente estuvo por debajo de él, jerárquicamente— ordenó su ejecución:

—Vienes a hacer daño al Partido —le dijo.

—Vengo a franquearme —respondió Raúl.

Le relató los detalles de su captura. Al enterarse de que podía dar un zarpazo que cambiara la «dirección estratégica del Partido y de la guerra», fingió sometimiento. Si había una arista en la que coincidían es que el clan odiaba a Feliciano tanto como le temía.

—Si hubiese querido traicionarlos, me quedaba en Lima. Me iban a sobrar las cosas. Puedes tomar mi cabeza si quieres, hermano. Ahora sabes que somos los dueños de todo. Del Partido, de la guerra, de las masas, del destino. No debes perder la perspectiva histórica. Somos una nueva línea.

José pensó con detenimiento. No era el único actor en esa decisión; también estaba Alipio, quien era yerno de Raúl. Estaba frente a un entrevero de lazos familiares. Solía recordar a su padre, Martín Quispe Mendoza, y a su madre Irene, los fundadores de Sendero Luminoso en Vilcashuamán. Martín Quispe había sido un hombre duro. Su legado era enorme. Tres de sus nueve hijos continuaban en la cúspide de Sendero Luminoso, esa organización dada por muerta en los medios de comunicación peruanos, pero que se preocupaba por dejar en claro que no iba a ser así. Aniquilar a su hermano no sería estratégico.

Mientras tanto, Aquiles se encontraba en Púcuta[39], a donde había llegado como parte de la fuerza de Alipio. La nueva cúpula senderista decidió dividirse en dos para proseguir la lucha armada iniciada en mayo de 1980. Esta vez, Aquiles formaba parte del exclusivo pelotón «Número 1», una especie de «fuerzas especiales», compuesta por individuos jóvenes, de gran estado físico y experimentados en el empleo de armas. A ellos les tocó internarse en el sur, con dirección a Vizcatán. No era un contingente para menospreciar. Se trataba de siete pelotones con un promedio de veinte a veinticinco combatientes cada uno, cuya tarea era asaltar a los viajeros y concientizar a las poblaciones

39 Ubicado en las coordenadas 11°51'45.82"S - 74°32'47.65"O, es un paraje desolado, a casi tres mil quinientos metros sobre el nivel del mar; en el departamento de Junín.

aisladas, en particular a aquellas a donde no llegaban las trochas carrozables.

Retomaron el control de los viejos territorios; entre Ayna y Unión Mantaro. Solían llegar al puente de Tutumbaru, en el camino entre Ayacucho y San Francisco, y apropiarse de los recursos de las caravanas para subirlas hacia Tircus. Cuando alguna fuerza cercana reaccionaba, se volvían a internar cruzando el Mantaro, en esos parajes que progresivamente iban fortificando hasta convertirlos en trampas mortales. En esos asaltos, los que podían, separaban alguna ración de jabón, galletas o atún y la enviaban a los centros de crianza de niños, conocidos como los wawawasi.

Ante la deficiente captación de cuadros militantes y el hecho de que se trataba de una guerra popular prolongada, los hijos nacidos en cautiverio no les pertenecían a los padres, sino al Partido. Cuando dejaban de lactar, pasaban a estos albergues infantiles donde se les alimentaba y se les daba lecciones maoístas, con la finalidad de convertirlos en la generación que se aproximara a ese poder que les había sido esquivo. Por eso les pusieron el nombre de *pioneros*.

En estos campamentos infantiles escondidos, los hijos eran entregados para siempre y pasaban al cuidado de mujeres designadas para esta labor. El único trato que tenían estos padres era, de vez en cuando, llevar pequeños presentes, entregarlos a las cuidadoras, saber de la salud o el crecimiento del niño y nada más. Los pioneros eran la semilla de la revolución. Se convirtieron en muchachos de temer. Lo demostraron en un lugar llamado Sanabamba, cuando una columna emboscó, durante los días de Semana Santa de 2009, a una patrulla militar. Eran soldados muy jóvenes. Los niños, en una suerte de bautismo macabro, los asesinaron con machetes y piedras.

Por esos días, las columnas se dieron un descanso en Vizcatán. Se preparaban para la «Contracampaña de cerco y aniquilamiento». Aquiles fue nombrado para controlar a la fuerza de producción, y terminó siendo víctima del amor en la revolución. Su labor era rondar entre las siete de la mañana y las cuatro de la tarde el campamento para prevenirlo de intrusos. Fue entonces cuando se topó con Lucía. Venía pensando en ella constantemente: La había visto grácil y bonita. Anteriormente, Aquiles había tenido una pareja, llamada Elena. Sin embargo, a José también le gustaba, así que la incorporó a otro pelotón y se la llevó. Una vez que la tuvo a su alcance, la violó.

Antes de la caída de Feliciano, las relaciones entre hombres y mujeres eran libres; solo el adulterio era castigado. A partir de la entronización del clan de los Quispe Palomino, estos impusieron una serie de reglas para disciplinar las relaciones. Por ejemplo, el hombre que era aceptado como pareja por una mujer necesitaba de la aprobación del mando y si requería tener relaciones sexuales debía, también, pedir permiso. Si el mando se lo otorgaba, le daba media o una hora para hacerlo[40]. Lucía estaba encargada de cocinar y eso la obligaba a ella, junto a otras cuatro personas, a alistar el fuego diariamente a las dos de la mañana. Ponía dos ollas y bajaba con un par de cántaros hacia un pequeño curso de agua.

Una de esas noches, Aquiles durmió a saltos e intuyendo la hora de la cocina, abrió los ojos, se levantó, salió de la cabaña y esperó a mitad de la pendiente. Pasó por donde estaban amarradas las aves y distinguió en la penumbra un gallo amarillo y famélico que no podía cantar porque le habían cosido la garganta con aguja e hilo para impedir que su bulla atraiga a los enemigos. Vio el fogón de la cocina encendido, contó a los cocineros y comprobó que Lucía había ido al riachuelo. Se ubicó intuyendo por donde

40 Aquiles solía referir: «Daba vergüenza estar pidiendo permiso a cada rato, como un tonto».

vendría y al poco rato ella apareció. Aquiles se interpuso, le tomó la mano y le dijo:

—Quiero estar contigo, Lucía.

—Si tú estás con la Elena. Me quieres engañar.

—Elena se fue con el camarada José. Yo sí quiero estar contigo.

—Déjame pensarlo.

Se zafó de su mano y continuó hacia los fogones. Durante el día estuvo cerca de ella. Por las tardes, jugaba al fútbol. José se había preocupado porque siempre hubiera campos para jugar pelota. Los mandos solían organizar campeonatos entre los cautivos. Apostaban suculentas sumas de dinero con sus nuevos amigos: los narcotraficantes.

El Sendero Luminoso de los 80 y 90 en el Alto Huallaga se hizo fuerte cuando defenestró a los traficantes de drogas locales, combatiéndolos hasta derrotarlos y, luego, reemplazarlos. Se ganaron a la población local, haciendo lo contrario que sus enemigos, es decir, pagando el precio justo por el peso de la producción de los cocaleros y poceros. Consiguieron millares de adeptos en la selva norte del Perú.

En la selva central, ya bajo la batuta de José, el concepto era diferente, porque los narcotraficantes no eran firmas, sino familias y la desventaja es que eran difíciles de infiltrar. La facción terrorista pronto comprendió que no podía combatir con todas las familias a la vez. Hicieron lo que la lógica les decía: aliarse. Muchas de las caravanas de cargadores que salían hacia Cusco y Andahuaylas estaban protegidas por columnas armadas a cambio de cupos. La amistad del tráfico se consolidaba a través del fútbol, en el que hacían gala de enormes apuestas[41]: dólares por sacos o dólares al peso.

41 Aquiles observó que las posiciones fijas eran: Alipio como arquero, y los delanteros, José y Raúl. William, que era zurdo, jugaba en varias posiciones.

Lucía miraba a Aquiles, de rato en rato y con absoluta discreción, pensaba en él. Veía su complexión, robustecida por el enorme trajín de los caminos andados. El cuerpo humedecido, con la identidad de las lluvias en su coloración. Su buen humor a pesar de las carencias y la amenaza constante de que un malentendido o un raid sin aviso le cortase el hilo de la vida. A los tres días, ella se le acercó:

—Yo también te estoy queriendo, Aquiles.

Se amaron como pudieron, con los temores de un prófugo. Por momentos, Aquiles se animaba a soltarse y revelarle su intención de fuga. ¿Podrían irse juntos? ¿Disfrutar de la libertad? ¿De verdad que el mundo era suficientemente grande? ¿Hasta dónde llegaría? Luego se contenía y recordaba la mejor lección contrarrevolucionaria. Que un secreto es un asunto individual. Un secreto de dos puede ser mortal. Los secretos se comparten solamente con el corazón, pues si salen de tu lengua, tú no sabes a dónde irán a parar.

Nunca pudo definir si eso era amor o algo que se parecía al amor o la simple necesidad de sentirse acompañado. Tampoco lo iba a saber. Aquiles se había inmiscuido en un triángulo amoroso. El camarada Raúl también pretendía a Lucía. Cuando Aquiles lo supo y entendió el riesgo que representaba, preguntó a ella si era cierto. Lucía se lo confirmó:

—Sí, pero no lo voy a querer. Está demasiado viejo.

No solo era un asunto de edad —la diferencia entre ambos frisaba los treinta años—, sino que Raúl era verdaderamente cruel y ella lo había visto serlo. Es cierto que José lo había defenestrado por colaborar con las fuerzas armadas, pero había regresado a su lugar, aunque esta vez como tercero en la jerarquía. La humildad le duró ese corto periodo. De vuelta en la jefatura, volvió a lo de siempre.

Aquiles lo supo a la mala, la tarde en que lo hicieron autocriticarse. La Fuerza Principal había vuelto al campamento y los reunieron en un patio. Alipio organizó la actividad y antes de iniciar, Raúl le hizo saber a Aquiles que era un mujeriego. «¿No estabas con Elena? ¿Y cómo es que ahora estás con Lucía? Qué vivo eres», le increpó. No era el único que sería criticado. Junto a él estaban Jorge Quispe, uno de los hijos del camarada José, y un joven al que apodaban Betuny.

Jorge, en la plenitud de la adolescencia, tenía escaso control y sus tíos decidieron darle una lección. En el caso de Betuny, la situación era más grave. Se había relacionado con la mujer de un mando, o sea, un superior, y eso se castigaba con la única pena posible: la ejecución.

A los infractores se les colocó al centro, frente a los mandos y rodeados por la fuerza local y de producción, para la crítica y autocrítica. Se trataba de un antiguo procedimiento comunista, diseñado de acuerdo a su doctrina «para poner al descubierto, sin tener consideraciones con nadie, todos los errores cometidos». La idea era que este procedimiento fortalecía a las huestes, e invertían enormes cantidades de tiempo en criticarse y autocriticarse, uno por uno. Cuando estuvieron ubicados, los mandos tomaron su lugar y se sentaron, en orden de jerarquía.

Alipio, al que le costaba gastar el tiempo en palabras, le cedió el discurso a Raúl:

—Los comunistas, al autocriticarnos y criticar las ideas y acciones erróneas de nuestros camaradas y demás personalidades, lo hacemos con el único deseo de sacar lección de los errores en el pasado, de aprender y aplicar la política proletaria, marxista y revolucionaria...

Cuando acabó, Alipio dejó la doctrina para otra ocasión:

—¡Quítense la ropa! ¡A calatearse!

Los tres obedecieron y se desnudaron. Inmediatamente, comenzó la autocrítica. Primero fue Jorge Quispe, y después pasaron a Aquiles. Raúl lo acusó de ser un puto. Aquiles reconoció la falta que no había cometido y mucho menos se le ocurrió mencionar lo que era obvio, o sea, que José se llevó a su primera novia y que Raúl pretendía a la segunda. Se impartieron las sanciones: a Jorge y Aquiles les pegaron con un palo en los testículos. Todavía se estaban retorciendo de dolor, cuando les echaron en el pene hojas de ortiga y el escozor pareció destruirle las partes bajas del cuerpo. Aquiles pensó en salir corriendo y aventarse al río.

El caso de Betuny era más grave. Por unanimidad fue condenado al aniquilamiento. Trajeron una cuerda, lo ataron para inmovilizarlo y un verdugo apareció con un puñal para cortarle la yugular. Tuvo un golpe de suerte. Quedaban pocos combatientes adultos. José dictaminó:

—No hay que matarlo. Hay que darle otra oportunidad porque vamos a tener un pelotón incompleto.

Le infligieron la misma pena sobre los genitales, a palos. Los pusieron de pie y Alipio le preguntó a Aquiles:

—¿Y ahora cuál es su posición?

—No voy a traicionar al Partido Comunista, camarada.

Aquiles tenía tatuadas sus clases de sobrevivencia. No podía volver a cometer un error. El amor, en ocasiones, es una trampa casera, pero para los animales silvestres puede que sea una trampa mortal. Tuvo que renunciar a sus sentimientos para mantenerse con vida.

Con Betuny sucedió lo contrario. Era un muchacho de regular estatura, fisonómicamente bien proporcionado y el delirio de sus hormonas no tenía límites y superaba su raciocinio. Se relacionó con Nancy, una de las parejas de Raúl y, cuando este se enteró, lo buscó en otro campamento y le dio un tiro de escopeta en la cabeza. Betuny comenzó a revolcarse sobre su sangre, sin tener cómo tentar una defensa. Raúl miró a los tres testigos —dos mujeres adultas y un joven que le daba seguridad personal— y les dijo:

—Creo que Betuny está sufriendo mucho.

Dio vuelta, caminó un poco y regresó con un bidón de gasolina. Lo roció y lo encendió. Betuny comenzó a quemarse. Mientras se consumía, de rato en rato, Raúl volvía a añadir combustible, para que la pira no se detuviera. Aspiraba el olor de su cuerpo, asándose al aire, mirando el detalle de su sufrimiento. Dejó de vigilarlo cuando Betuny no era más que un despojo irreconocible y el fuego fue muriendo con él y dejó la estela de una humareda tiznando el atardecer.

—El amor te puede dejar ardiendo —pensó Aquiles, cuando se enteró.

***

Pasaron unas semanas del castigo y el Comité Central de Sendero Luminoso decidió organizar una nueva concentración masiva en Alto Tsomaveni[42]. Antes de iniciarla, Alipio bajó a Tutumbaru y bloqueó el paso obligado para realizar proselitismo y hacerse de recursos. Detuvieron a casi ciento treinta vehículos que transitaban entre la sierra y la selva ayacuchana, y conminaron a los viajeros a no participar de las elecciones presidenciales, cuya segunda vuelta entre Alan García y Alejandro Toledo se realizaría la semana entrante, es decir, el 3 de junio de 2001. Subieron al distrito de Ccano, donde inutilizaron las antenas de comunicación radial, y robaron los paneles y las baterías secas.

Aquiles había ascendido en jerarquía. Por un lado, esto beneficiaba su propósito de escaparse. Pero también lo hacía vulnerable ante el nuevo entorno que debía afrontar: sería el hombre de avanzadilla de una fuerza especial. Iría a la cabeza del pelotón «Número 1» que, al ser el mejor armado,

42 Ubicado en las coordenadas 11° 57’ 2.9” S.

también era el que tendría mayores riesgos. Entre la última incursión en Ccano y la llegada a la concentración no la pasó de lo mejor: tuvo varios contactos con las patrullas del Ejército que iban en su persecución.

Según lo planificado por el Comité Central, la concentración en Tsomaveni debía durar tres meses[43] y coincidía con el cumpleaños de José. Se movilizó a todos los sectores, desde el sur, cerca al río Mantaro, hasta el límite norte, y comenzó el 7 de agosto de 2001. La inauguración fue con campeonatos de fútbol, vóley, ajedrez y una gimkana, de pruebas —incluso de monopolio— y almuerzos de camaradería, que incluían pachamanca, masato y huarapo. Aquiles llegó con el numeroso contingente de Alipio y fue sorprendido con la noticia, de la boca del propio José:

—Has sido invitado como cuadro militante del Partido Comunista del Perú, maoísta-marxista-leninista.

Sonrió con satisfacción. Sin embargo, odiaba con todas sus fuerzas estar allí. Pertenecer al Partido que acabó con su familia. Odiaba su suerte, su hambre, su miedo, su destino, a su madre. Aquiles, con cierta maestría, pudo rescatar al niño que fue, debajo de la piel. El odio y el miedo, administrados cuidadosamente, se convertían en una sonrisa, en la suma atención y respeto hacia los superiores. Era un fiel cumplidor de órdenes.

Los nuevos militantes y premilitantes fueron invitados por el Comité Central a beber huarapo. Se preparó una buena comida; a Aquiles le tocó un trozo del brazo de un mono maquisapa. Era la primera vez, desde que lo arrancaron de su aldea, que lo dejaban participar dentro de la militancia. Ya no era masa. Se estaba convirtiendo en otro tipo de esclavo, o de secuestrado. Un secuestrado que forma parte de la banda de sus captores. José tomó la palabra:

---

43 Aquiles dijo que la concentración fue de dos mil ochocientas personas.

—Camaradas, quiero felicitarlos por los trabajos que han realizado en favor de la lucha armada. En el futuro, cuando tomen la dirección del Partido, todo irá correctamente.

Estaba en una de las esquinas del campo de fútbol donde se habían congregado. Frente a él, había dos casas en las que estaban alojados José y Alipio, y a su derecha un local comunal, que serviría para los momentos de adoctrinamiento. Detrás de él, y oculto en una covacha, un arsenal, custodiado por unos centinelas.

La tibieza del alcohol lo alivió. Creyó que los tragos atenuarían sus penas, que disolverían la sensación de hartazgo. Fue peor. Sintió una ola de miedo. No debía hablar. No debía dejar que un solo poro dejara escapar una gota de su rabia. Debía domesticar sus demonios, como un perro. Una voz, recitando un lema bélico, inició la reunión:

—¡Toda cosa grande no tiene nada de temible cuando se está dispuesto a enfrentarla y derrocarla!

Yo voy a capitular, se dijo Aquiles para adentro.

No movía los labios. Lo decía con el corazón. O con el hígado. O con los pulmones. O con la sangre.

—¡Las dificultades de las fuerzas reaccionarias son insuperables, porque son fuerzas agonizantes y sin porvenir! ¡En cambio, las dificultades de las fuerzas revolucionarias son superables, porque son fuerzas nacientes y con un brillante futuro! —volvió a gritar el mando que dirigía la reunión, con el puño en alto.

Estoy cansado de vivir así. Voy a capitular, voy a rendirme, voy a escaparme, se decía en silencio.

—Golpear contundentemente en sus puntos débiles al enemigo y cuando está desprevenido, es una de las tácticas eficaces de las fuerzas guerrilleras.

—¿Por qué estás triste, Aquiles?

José lo sacó de su abstracción y el pánico le quitó la borrachera. Tenía puesta la pañoleta roja del PCP, la seña de su poder. Aquiles le respondió:

—Tomé una mala decisión por una mujer. Hice una autocrítica, mi camarada. No volverá a suceder.

Alipio se acercó a ambos. Aquiles, al verlo aproximarse, pensó con el esfínter: «Ahora sí me cagué». Alipio le dijo:

—Muy bien, Aquiles. Vas a ser un buen cuadro.

—Gracias, mi camarada —respondió Aquiles.

—He escuchado hablar bastante sobre ti. Que eres muy bueno como avanzadilla. Eres ágil, inteligente. Por eso tomamos la decisión de ascenderte a militante —añadió José.

—Gracias por confiar en mí, mi camarada.

—Te creo, Aquiles. Has sido mi ayudante cinco años. ¡Salud!

José le sirvió otro trago de huarapo. Los tres se lo bebieron de un sorbo. José dejó de mirarlo y pidió que cambiasen de música: «Toca Manolo Galván», gritó. Luego lo llevaron hacia donde estaban los demás y pudo ver reunida a la alta dirección de Sendero Luminoso.

—¡Que comience la jarana! —dijo un mando.

—¡Un huaylas de Huanchaquitos para el camarada Alipio! —exclamó una mujer.

La fiesta duró un día y Aquiles comprobó que había pasado la prueba. Pudo esconder su tristeza y pasar por el muchacho alegre, de confiar, el futuro cuadro que necesitaba el Militarizado Partido Comunista. Se olvidó de su arrasamiento, de la destrucción de su familia, y mantuvo su boca cerrada. Pensaba: «A lo mejor los camaradas me están dando huarapo para ver qué digo».

Alipio mandó a reunir a los militantes de los pelotones e ingresaron al salón comunal. Les entregó unas lecturas sobre Mao Tse Tung que serían comentadas por José en las horas siguientes. Se fueron acomodando y Aquiles se sintió más seguro al tener el gobierno de su sentido común.

Y en eso, se sintió una explosión.

***

La explosión fue en el campo de fútbol donde se había celebrado la fiesta la noche anterior. Se trataba de una granada de lanzador que sobrepasó el techo del salón comunal y esquirló las casas contiguas. Fue un error policial. Unos agentes llegaron a Tsomaveni desde Mazamari, alertados por una información que, posteriormente, se comprobó que era inexacta. Primero aparecieron por Alto Chichireni, donde el Ejército había construido una base con helipuerto y fueron recibidos por el teniente a cargo. Cuando el teniente se dio cuenta de que irían a pie en dirección de Tsomaveni, les advirtió:

—No entiendo. Que yo sepa, cruzando ese río no van a encontrar otra cosa que no sea senderistas.

—No se preocupe, teniente —le respondió el agente al mando.

El teniente, cuyo sobrenombre era Sandro, observó al agente sin insignias y, por su edad, supo que se trataba de un comandante o coronel. Él mismo se encargó de revelarlo:

—Soy el coronel al mando.

—Mi coronel, la cuesta hacia Tsomaveni es difícil. Hemos tenido hombres heridos por las trampas. Yo tengo tres años en este batallón.

—No se preocupe, teniente. Se lo agradezco —le dijo.

Sandro comprendió que no quería darle detalles y se limitó a llamar por radio a Satipo para informar sobre la repentina llegada de veinticuatro agentes. Los otros policías eran más jóvenes y estaban ávidos de cruzar al otro lado, llevaban fusiles, entre estos, algunos HK alemanes y lanzadores de granadas. El coronel habló con el presidente de la comunidad, de apellido Charete, y le pidió guías. Se despidieron y el teniente los vio perderse en la arboleda.

Llegaron al día siguiente, casi a las once de la mañana. Vieron a cierta distancia unos centinelas armados y comenzaron un tiroteo. La granada del lanzador sobrepasó el techo del local y esa fue la explosión que oyó Aquiles. Salió corriendo en búsqueda de su armamento, creyendo que se trataba de una patrulla militar. Un poco más allá, vio a Alipio alcanzando la ametralladora que estaba en un punto que dominaba el acceso al poblado y comenzó a barrer a los policías, que perdieron rápido las opciones de escape. No tenían idea de que se trataba de una concentración, y menos, de que había unas dos mil personas reunidas. Ni bien Aquiles alcanzó su fusil, Alipio le gritó, señalando el extremo opuesto:

—Hacia allá, con Julio Chapo[44].

El propio Julio Chapo acabó con la vida de tres de los policías y el cerco se comenzó a estrechar, de manera que al coronel no le quedó otra opción que ordenar la retirada y dejar en el camino a los agentes abatidos. Cuando el combate cesó, Aquiles vio al Chapo y a Alipio acercarse a los cuerpos con machetes. Querían darles lecciones a los muertos.

Los soldados de Alto Chichireni, a los que se les llamaba comúnmente los Natalios —pues el nombre de su batallón era el 324, Natalio Sánchez, establecido en Satipo— aparecieron por Tsomaveni para recuperar los cuerpos de los agentes. La retirada policial había sido dificultosa, pues, a pesar de que dos helicópteros intentaban evacuarlos,

44 Cuyo verdadero nombre es Hugo Sixto Campos Córdova, fue capturado en julio de 2019, cuando planeaba atentados en las alturas de Huancavelica, en la región central de la sierra del Perú.

siempre quedaban a tiro de la Fuerza Principal; en especial del camarada William.

William era un francotirador experimentado, proveniente de la cantera de maoístas más antiguos, de pocas palabras y una eficiencia letal. Estaba empecinado en batir las aeronaves y eso dio tiempo para que la masa se retirase hacia una altura más segura, por una trocha que además sería minada.

El combate no tuvo tregua. Por un lado, los soldados intentaban recuperar los cuerpos de los caídos, mientras que, por el otro, la Fuerza Principal trataba de ocasionarles bajas o derribar los helicópteros. Así hasta que una vez que los cuerpos mutilados estuvieron en poder de los Natalios, estos se marcharon[45].

***

El breve periodo de calma entre el enfrentamiento en Tsomaveni y la siguiente campaña, Aquiles lo pasó en uno de los campamentos, custodiando las rutas que venían desde la sierra o la propia selva. A veces salía de caza por las inmediaciones o lo mandaban de comisión a recoger artículos que enviaban de los otros sectores. Hacía trampas para sajinos, chanchos de monte o monos; eran la única fuente de carne.

Un día, un helicóptero pasó cerca del campamento y lanzó papeles. Eran volantes que tenían mensajes de rendición y que conminaban a dar información sobre los Quispe Palomino, a cambio de recompensas. No era la

45 Cuando acabaron los enfrentamientos, los mandos determinaron que la vigilancia falló porque los centinelas, hombre y mujer, eran pareja y habían tenido relaciones sexuales justo cuando se aproximaron los policías. Por eso nos los vieron pasar. Se les condenó a muerte «por haber puesto en peligro la concentración y a los mandos».

primera vez que ocurría y el camarada José había sido claro: «Estas son mentiras de la reacción. Cuando se presenten a las bases militares los matarán». Aquiles no sabía leer[46], pero sospechaba que el contenido de los mensajes no era precisamente el que José afirmaba. En una pequeña hondonada donde colocaba trampas, encontró un volante.

Este volante, sin embargo, era diferente a los otros, cuyo contenido en español y asháninca era ilegible para él. Tenía la fotografía de una mujer y su pequeño hijo. La reconoció. Se llamaba Leticia y un año antes se había entregado al Ejército. Unas patrullas militares lograron alcanzar un campamento de cautivos y estos, aleccionados por los mandos, huyeron. Leticia no lo hizo. Se quedó inmóvil, tanto porque no podía dar un paso más, como porque creyó que si le tocaba quedarse sin vida, lo haría con dignidad.

—No importa si morimos. Estaremos bien —le dijo a su hijo.

La sacaron de su espanto. Hicieron fotografías con ella, las imprimieron y las distribuyeron a pie y desde aeronaves. La imagen de Leticia no era la de una mujer feliz, sino resucitada. El niño tampoco sonreía. Mostraba su aspecto cadavérico. Tenía doce años, solo que los estragos del cautiverio lo hacían aparentar siete u ocho.

Aquiles revisó la hoja una y otra vez, y se deshizo de ella. Aquel papel era el comprobante de que no todo el que escapaba, moría. Volvió al campamento. Cuando llegó, vio una pequeña hoguera donde se quemaba una ruma de volantes. Detrás de la humareda, vio a Lucía.

—¿Vas a capitular, Aquiles?

Se sintió desnudo, descubierto, vulnerable. Levantó la mirada. La mirada de Lucía era un lucero de interrogantes:

—¿Qué me estás diciendo?

46 Aquiles se mantuvo analfabeto durante el cautiverio: «Recién aprendí a leer cuando salí del monte», contó.

—¿No viste a Leticia y su hijo? ¿En esos papeles?

—No he visto nada. Estaba cazando. Estaba monteado. Allí no llegaron los papeles.

—Yo creo que sí viste.

—Mejor vete. El camarada Raúl se va a enterar de que estamos hablando. Viste lo que me hicieron.

—Si te vas, siempre piensa en mí. No le voy a decir a nadie que te quieres ir, Aquiles.

—Se te ocurren cosas. Yo no pienso capitular, yo voy a seguir en el Partido Comunista. Ahora vete, no quiero que me castiguen.

—Me voy a ir porque tienes miedo. Yo perdí el miedo. Ahora te estoy queriendo.

—¡Qué dices! ¡Nos van a matar!

—Nunca voy a querer al camarada Raúl. Si es que vives, acuérdate de mí. Yo soy tu chica.

Aquiles la dejó y se fue hacia el patio para formar. La noche estaba por comenzar. Entró en una pequeña cabaña donde guardaba sus pocas pertenencias y con cuidado extrajo un cuaderno forrado de rojo. Tenía ocultos dos billetes de cien soles, que no sabía para qué servían. Los obtuvo unos meses antes, cuando montaba guardia y, casi al amanecer, aparecieron unos narcotraficantes que estaban de paso. Como estaba solo y el hambre lo estaba demoliendo, le dijo a uno de ellos:

—Tío, invítame una galleta o un poco de atún. Tengo hambre.

El traficante buscó en un morral y no halló nada. Luego, buscó en otro bolsillo y sacó dos billetes de cien soles. Le dijo:

—Mejor toma esto.

—¿Para qué sirve? —le preguntó Aquiles, que ignoraba su valor.

El traficante sonrió. Tenía la tez ennegrecida por esa combinación que hacen el frío y el azote del sol de las punas.

—¿No sabes para qué sirve la plata? ¡Eres un huevón!
—No. No lo sé, tío.
—Ustedes son raros, camarada. Mira. Un día, cuando vayas a la ciudad, vas a ver una tienda. Una tienda es un lugar donde venden cosas: huevos, atún, bastantes cojudeces. También hay sitios donde venden comida. Se llaman restaurantes. Entras, pides algo, por ejemplo, galletas o pilas o huevos, y tú le das el billete y el de la tienda te va a dar lo que le pidas.

Un segundo traficante dejó su mochila en el piso y se acercó. Su compañero le contó que Aquiles no sabía para qué servía el dinero. El traficante, un poco mayor que el primero, dio un par de carcajadas y tosió:
—Carajo. Estoy botando mis pulmones a la basura.

Miró el dinero que ya estaba en manos de Aquiles y le dijo:
—Mira, puedes comprarte hasta un amor con eso.
—Bueno, solo un amor por una o dos noches —añadió el otro—. Hasta tres a lo mejor.
—Si tienes más, y con un poco de suerte, a lo mejor te compras un amor que te dure la vida. Tú sí que debes tener suerte, no cualquiera vive en este monte, qué salvaje, camarada. O tienes unas pelotas rayadas. Nadie más puede. Te lo aseguro. Nosotros dejamos la carga y nos vamos a tomar o a ver a nuestras mujeres.
—Yo soy un lobo solitario —dijo Aquiles.

Se rieron. Intercambiaron opiniones sobre la ruta que les quedaba por hacer. Volvieron a cargar sus cosas y pasaron a entrevistarse con los mandos. Aquiles escondió los billetes con cuidado y después aprovechó el cuaderno donde dibujaba para esconderlos. Intuía que, para el momento de escapar, el papel moneda le iba a servir. Si era descubierto, se exponía a ser acusado de traición y condenado. Revisó los billetes y observó la imagen de un hombre blanco[47],

47 La imagen del billete de cien corresponde a Jorge Basadre Grohmann.

del cual tampoco sabía nada. Decidió descansar sobre una ruma de troncos avejentados, sin taparse.

Durmió poco y las pesadillas volvieron. Soñó que estaba nuevamente frente a un gentío, autocriticándose y que Lucía estaba al lado de Raúl, en la parte central, diciendo: «Yo sé que quiere marcharse». Y que Raúl le decía a José: «¿Y qué hacemos con él, si habíamos confiado?». Y José decía: «Pues, que se vaya, si no quiere estar acá. Además, tiene plata. ¡Plata! Plata que se usa para tener cosas importantes, como galletas, pilas, fideos».

Y Aquiles comenzaba a andar, primero dudando, luego más seguro, por un pequeño camino, y de pronto en una curva, se encontraba con el señor Álvarez. Por un momento, se alegraba, sonreía en el sueño: «Me da gusto que se haya salvado. Vi que el pelotón de Alipio estaba yendo detrás de usted». Álvarez sonreía con ese mismo gesto que le conocía, para hacerle el mundo menos hostil o para explicarle la distancia entre estrella y estrella: «Es que sí me alcanzaron, Aquiles. Solo que me dio flojera hacerme enterrar. Ahora, hazte un favor. Regresa por donde viniste, mejor no escapes. Sea como sea, a ti te condenaron a muerte antes de vivir».

Despertó, y se irguió para sentarse. Sintió que se enfermaba. Estaba por amanecer cuando oyó varias pisadas. Era la fuerza de Alipio que estaba de vuelta en el campamento.

Pensó que Lucía podría delatarlo. Estaba por salir hacia el patio, cuando el camarada Mendoza vino a decirle:

—Aquiles, el camarada Alipio dice que te presentes en este momento.

Tomó la pequeña cuesta hacia donde estaba estacionado el pelotón. Otra vez puso cara de palo y llegó a la presencia del mando, pero por dentro tenía cólico. A cierta distancia, pudo ver la distribución de la fuerza; dispersos hacían mantenimiento de sus armas. Hizo un cálculo mental. La única opción que tenía era correr y lanzarse al río. Se pondría a cierta distancia, de manera que si la conversación iba por ese rumbo daría un brinco y buscaría desbarrancarse. Se puso frente a él:

—Buenos días, mi camarada.

—Aquiles, ¿qué has estado haciendo?

—Con la fuerza de producción, mi camarada. Ayudando en las tareas del Partido.

—Te quería decir algo.

El fastidio en el estómago dejó de ser una molestia para convertirse en un peso. Un bolo alimenticio de angustia, que en vez de digerirse se convertía en un yunque de acero sólido, ascendiendo por su esófago. Eso era el miedo. Un peso en toneladas dentro de un cuerpo humano.

—Dígame, mi camarada.

Recién se percató de que el fusil de Alipio estaba muy cerca. Era un fusil Galil. Un poco más allá, casi a la altura de la primera covacha, Lucía observaba la escena disimuladamente. Aquiles se acercó. Por sentido común mantuvo cierta distancia. No se dejaría agarrar y si en la carrera trataban de balearlo, intentaría zigzaguear. El rostro de Alipio era una piedra, sin gestos para saber si estaba alegre o triste o enojado y eso lo hacía un demonio más peligroso de lo normal.

Alipio le dijo:

—¿Crees que puedas limpiar mi fusil?

—Sí, mi camarada —respondió Aquiles.

Mientras lo desmontaba para limpiarlo, supo que esa tarde habría una reunión de mandos. Mendoza, que anduvo cerca de la radio los últimos días, le contó:

—Creo que vamos a cumplir una misión.

V. El único sueño

Los militantes fueron invitados a tomar trago y a divertirse con la masa. Eso sucedía solamente en las vísperas de una operación mayor. Aquiles entendía de forma intuitiva que, con el transcurrir del tiempo, sus posibilidades de sobrevivir se reducían. Había logrado sortear las inenarrables experiencias de las primeras semanas de cautiverio, las epidemias, la debilidad, los esfuerzos de las marchas sinfín, la tristeza de sentirse un lobo solitario y el propio acecho de las patrullas militares. Pero ahora sentía que la muerte lo rondaba de cerca.

Comprendió que quienes abrazaron de verdad esa forma de vivir, enfrascados en la búsqueda del poder por las armas, encontraron la muerte sin haberse acercado ni en lo más mínimo a sus ideales. Pensaba en los camaradas que se lo habían llevado a él y a su familia de Alto Sondobeni.

Por ejemplo, Aquiles vio morir a la camarada Clara, junto al camarada Roger, una tarde en que trataban de emboscar a unos soldados que estaban por sacar agua de un pozo. El pozo proveía de líquido de lluvia a una base del Ejército llamada por los senderistas «Trinchera 2». Un sargento astuto olió el peligro y, sin siquiera verlos, disparó una ametralladora que mató al instante al camarada Roger. Otra de las balas rebotó en una roca e impactó a Clara en el rostro. Roger quedó a merced de los soldados. Clara fue llevada a donde José, en cuyos brazos falleció. José se llenó de remordimientos, pues Clara era su esposa y él había planeado el ataque al pozo. Aquiles lo vio llorar por primera y única vez.

Rodolfo, otro de sus captores, cayó en Santo Domingo de Acobamba el 7 de noviembre de 2003, en un enfrentamiento con el Ejército. Estaba andando con una columna de veinte senderistas y fue sorprendido por un descuido. Primero, atacó desde una altura próxima a la base militar asentada en las inmediaciones del poblado. Quería obligarlos a perseguirlos. Al no conseguir su propósito, decidió retirarse con dirección al norte, hacia un caserío llamado Balcón, a unos catorce kilómetros de donde estaban y, una vez allí, se detuvo a descansar. Los dos mandos de la columna —Dalton y Rodolfo— se cobijaron en las dos únicas chozas mientras los demás se ubicaron en la intemperie.

Alegría era un lugar característico de la puna donde el sonido proviene del viento o del trueno. Ese aislamiento los hizo confiarse para tomar un descanso. Sin embargo, no contaron con el paso de un sargento del Ejército. Estaba de civil en unos quehaceres familiares. El sargento los identificó y avisó a la base militar de Santo Domingo de Acobamba.

Con la información fresca, los oficiales y soldados de la base, todavía a la espera de un nuevo ataque, salieron en su búsqueda, a las nueve de la noche del día seis. Caminaron con equipo aligerado sin detenerse, con cuidado de no hacerse delatar, aprovechando la luna llena. Al cabo de siete horas de marcha forzada, estaban por Balcón. Tres senderistas encendieron un fogón para calentar agua y eso atrajo su atención. Detrás de un campo de hierbas, el centinela senderista dormitaba. Trataba de abrigarse como mejor podía, aunque resultaba imposible sentir una gota de calor. Hasta el armamento estaba helado. No advirtió la sombra uniformada hasta que fue demasiado tarde. Cuando era evidente que la sombra era un militar, reaccionó, cargó los mecanismos de un FAL e hizo dos tiros al aire, antes de escurrirse. Rodolfo y Dalton, en el intento de huir, fueron heridos. El combate no duró demasiado por la sorpresa y, a los pocos minutos, la columna ya tenía dos muertos y los demás estaban en fuga.

Dalton tenía una herida cerca de la ingle y, junto a su mujer, la camarada Isabel, logró salir sin armas. En un momento, se rindió y se puso a un lado del camino, hasta que apareció un campesino que provenía de Púcuta, donde cultivaba una parcela. Apenas lo vio, Dalton le rogó:

—Camaradita, llévame a un lugar donde me pueda curar. ¿Hay una posta cerca?

—Creo que sí, camarada. Un poco más abajo.

—Llévame. Te pagaré. Por favor, no le cuentes a nadie.

Isabel abrió una mochila y sacó cuatro fajos de dinero. Cada fajo tenía mil soles. El campesino los recibió, lo condujo a un escondite y le dijo que esperara, que conocía a un sanitario y lo traería. Las opciones, si acaso tenía más de una, se limitaban a esperar al campesino y el sanitario. Le quedaban todavía catorce mil soles en efectivo y si repartía la mitad de eso entre los posibles socorristas, todavía le quedaba un resto con qué ponerse a salvo. Descansó a medias. Se dormía y veía a Isabel, vigilante. El campesino se tomaba demasiado en volver y cuando estaba decidiendo qué hacer, sintió unos pasos. Demasiadas pisadas. Era la patrulla que habían atacado el día anterior.

Rodolfo aprovechó la confusión del tiroteo y logró escapar. Sin un plan del cual asirse, su fuga era una inversión inútil. Desbarrancarse para encontrar una ruta solo sirvió para aumentar la intensidad de la hemorragia. Debilitado y sin armas, y a punto de ser capturado, decidió morir en su ley. Llegó a una pequeña arboleda, tomó un bejuco silvestre y se ahorcó.

Los demás senderistas que lograron huir y se reincorporaron a su campamento, le contaron a José las razones de su derrota. Errores de la rutina. En la siguiente reunión partidaria bramó: «Se hicieron reglar, bajaron la guardia, no analizaron seriamente los movimientos del enemigo, se centraron en cuestiones personales y encima se entregaron. Y como si nos sobrara la plata, dieron treinta mil soles».

Por esos días, Aquiles vio reaparecer a Rodríguez, su primo. No lo veía desde que lo arrancaron de Selva Verde. Se lo llevaron para integrarlo a un cuadro de pioneros por su edad —estaba en los inicios de la adolescencia— y en el sinfín de lugares que recorrieron, se topaban solo de oídas. Tenían un enorme parecido, no solo físico, sino en la resistencia a la adversidad. Caminaban al mismo tranco, miraban a distancias similares, tenían buena puntería y leían el humor de la selva y las punas con los mismos códigos.

Aquiles dibujó una sonrisa de verdad. Casi se le cuartea la cara. Ver un pariente cercano era contemplar su reflejo en un espejo. Saber cuál era su estatura, la textura de su piel, el color de sus cabellos. Podría convertirse en un conveniente aliado para sus planes de fuga. Si escapaban, podrían buscar entre los dos a la familia. A su padre, a su abuela Bertha, a su hermana Nancy y, por qué no, a su madre, esa traidora. La ilusión se desvaneció tan pronto acabaron de saludarse.

—Camarada Aquiles, me enteré de que eres muy tigre en las avanzadillas.

—Gracias, primo Rodríguez.

—El Partido te premiará con creces cuando conquistemos el poder.

Se le escarapeló la piel. Rodríguez estaba convertido en otra persona. En un remedo de José, Alipio o Raúl. No podía ser su aliado en sus planes. Su sensación de desamparo se agravó cuando le contó cuál había sido el destino de su abuelo Pablo Lindo:

—Feliciano lo aniquiló.

Desde que se lo llevaron de Selva Verde, Pablo Lindo estuvo incorporado a Socorro Popular, una entidad encargada de dar asistencia médica a los mandos o combatientes.

No lo empleaban para la masa. Por los conocimientos del abuelo, Pablo Lindo se hizo tratante de las enfermedades recurrentes en la selva alta provista de raíces, yerbas y mejunjes terapéuticos. Hasta que una tarde fue llamado para atender a una de las mujeres de Feliciano, abrasada por la fiebre. Rápidamente se dio cuenta de que no se trataba de un proceso común, sino de una infección grave. La infección de un aborto no completado o la propagación de un cáncer.

Pablo Lindo tocó a la mujer con sabiduría e hizo saber de su gravedad. Feliciano insistió en que la curase, de lo contrario, las pagaría. El abuelo se dio cuenta de que su fin estaba llegando. Tocó a la mujer. El calor de la fiebre se convertía en un frío repentino.

—Parece que nos vamos juntos, camaradita —le dijo.

Si esa mujer moría, sabía que él se marcharía con ella.

Pocas noches antes, una niña estaba llorando, también enferma, y Feliciano ordenó que se callase. No dejaba dormir. La madre de la niña intentaba callarla por cualquier medio, inútilmente, pues con el dolor, la niña gemía por inercia. Feliciano perdió la paciencia. Salió de su parapeto y ordenó a la madre salir con la criatura. Se la quitó de una trompada:

—¿No puedes decirle que se calle la boca, que no deja dormir?

Puso a la niña en el suelo, tomó una piedra grande y la lanzó sobre su cabeza. La mujer quiso reclamarle en su idioma. Feliciano no entendió qué le estaba diciendo: «¿Por qué le hace esto a mi niñita?». Tomó su revólver y le disparó a la mujer en la cara. Nadie protestó.

Pablo Lindo había observado la escena desde uno de los linderos y se sintió más débil. Cuando se percató de que la mujer del mando estaba dando sus estertores, su propio ritmo cardiaco se desaceleró. Salió de la covacha y le dijo al mando:

—Ella ya se acabó. Está con el Dios de los cielos.

—Tú la vas a acompañar para que no se pierda en el camino, abuelo —le respondió el mando.

Lo ejecutaron. Rodríguez se lo contó con frialdad de rutina, con la informalidad de la extinción de un desconocido. Pasadas un par de noches, Aquiles soñó con su abuelo. Lo vio en una ruta para peregrinos, caminando con unos comuneros y lo detuvo:

—Abuelo Pablo Lindo, ¿por qué no me dijiste que te mataron?

—Te ibas a poner triste, Aquiles. ¿Cómo se te ocurre que te iba a hacer doler? —le respondió su abuelo desde el sueño.

—Te quiero, abuelo.

—Si me quieres, sigue el camino que has decidido. Me he salido de mi cuerpo para protegerte.

Le hizo una venia de adiós y siguió caminando.

Aquiles compartió unos días más con Rodríguez, sin esperanzarse. A veces, coincidían en hablar de personas o lugares en común, de la familia extinta o de los sucesos compartidos en la niñez. A veces era bueno con él. Le invitaba cosas de comer. A Aquiles le costaba fingir que lo despreciaba. Al final, la convicción de su primo le sirvió para lo mismo que a los demás. Un día salió con su columna a dar protección a unos cargadores de droga y se toparon con unos ronderos. Cuando lo tuvieron cerca, lo acribillaron.

***

El 23 de febrero de 1983, mi padre, un funcionario de la Empresa Nacional de Comercialización de Insumos (ENCI), me llevó a ver un encuentro de fulbito en el campo deportivo que ocupa una parte del parque Mariscal Castilla, en el distrito de Lince. Yo estaba en la tribuna con algunos otros niños. De pronto, comencé a oír las sirenas de varios patrulleros y me acerqué hasta la reja para ver qué ocurría.

Fue una visión extraña. Frente al campo deportivo se extendía un bosque oscuro. La repentina aparición de las luces de patrulleros y ambulancias lo iluminó de rojo. Lo primero que vi fue decenas de hombres y mujeres corriendo, levantándose del césped. En esa época, en Lima no existían hostales y las parejas se encontraban al aire libre. Huían en varias direcciones de lo que creían erróneamente era una «batida» de amantes indiscretos.

Hacia donde se dirigían los vehículos era a la embajada de Nicaragua, donde un grupo de aniquilamiento de Sendero Luminoso había asesinado al guardia civil Evert Medrano, para arrebatarle su arma, un subfusil. Salí con otros muchachos a ver qué pasaba. Fuimos corriendo, nos cruzamos con los enamorados que huían en sentido inverso y, unas cuadras adelante, lo vi.

El charco que se había formado con la sangre del guardia había adquirido una forma circular, iluminado por los flashes de los reporteros. De regreso me encontré con mi padre y le dije: «Hay un charco de sangre». Mi papá me metió una cachetada. «¿Cómo se te ocurre ir para allá?», me dijo. No lloré. No sé si porque me tomó desprevenido o porque me di cuenta de que él estaba más nervioso que yo, porque había ido hacia donde ocurrió el asesinato. Vi la fotografía al día siguiente en el diario *La República*. La escena se iba a repetir dentro de mi entorno, una y otra vez, incluso más de treintaicinco años después.

***

El camarada José los reunió para darles una charla: «Van a cumplir una misión importante». A Aquiles eso le sonó a una oportunidad. Lo que no les dijo era dónde ni cuándo, ni tampoco qué harían. Los mandos partieron hacia el «Mirador 2». Eligieron a los doce integrantes de la travesía, bajo el mando de Renán, y se dedicaron a preparar el rancho seco con fariña, machica, miel de caña y tostado. Se divirtieron con huarapo y música. Bailaron. Algunos sabían que quizá no regresarían. Dentro de los doce había tres mujeres: Laura, Isabel y Lucía.

Recién cuando estuvieron por salir, Aquiles supo a dónde se dirigían:

—Hacia Urubamba. Tomaremos la empresa de gas de Camisea.

Serían parte de una avanzada que se adelantaría para poder abrir los caminos hasta la estación Camisea, en la provincia cusqueña de La Convención. Los yacimientos gasíferos, de once trillones de pies cúbicos, fueron descubiertos a mediados de la década de 1980. Sin embargo, su explotación estuvo retrasada por indecisiones estatales, hasta que en abril de 1999, se declaró de necesidad e interés nacional y se inició la construcción de la infraestructura. Como se estila en los proyectos de extracción de recursos naturales, los cánones favorecían a diversos actores: al Estado, a los distritos donde se asentarían las empresas y a los pobladores que se beneficiarían del trabajo indirecto.

El Comité Central de los Quispe Palomino consideró que no se podía excluir del canon. Si hay un principio básico en las revoluciones es que ninguna se puede sostener sin dinero. José y su camarilla lo sabían a la perfección, no por gusto se habían pasado la vida en ese negocio, o sea, el de las revoluciones. Con esa óptica, no dudaron en transar con sus antiguos enemigos, los narcotraficantes, estableciendo cupos. De dos a cuatro dólares por cada kilogramo transportado en lo que consideraba sus dominios. José les puso un nombre adecuado a sus necesidades:

—Es un impuesto de guerra.

Bajo el título de «Nueva campaña y contracampaña de cerco y aniquilamiento», los mandos del Militarizado Partido Comunista decidieron abandonar su bastión tradicional en Vizcatán y salieron con ciento cincuentaiocho senderistas armados, divididos de acuerdo a un plan para evitar que su mudanza fuera visible. La columna de Aquiles era una especie de abridora de caminos para el grueso, que saldría después de su llegada a Camisea. En muchos casos abrieron camino donde no existía o limpiaron los que fueron tragados por el monte. Fue una travesía de locura que duró treinta días[48].

Cuando se suponía que estaban cerca, se detuvieron y enviaron por radio el punto donde se encontraban y, recién entonces, el grupo senderista más numeroso partió. Los esperaron dos meses. Estaban casi todos los más importantes mandos terroristas en el Perú: Alipio, Raúl, William, Dalton, Yuri, Renán, Antonio y Pucañaui. Alipio dictó su plan. Era un plan de película de acción:

—Llegaremos a Camisea y tomaremos como rehenes a los trabajadores de la empresa. Tenemos que agarrar a los pilotos de los helicópteros para poder trasladar los materiales.

Comenzaron a habilitar tres helipuertos a donde, se suponía, debían de llegar una vez que terminaran el secuestro de la empresa. Todavía se encontraban en selva virgen, sin presencia humana. Comían huanganas y

48 Aquiles hizo un croquis —al que él llamaba «maqueta»— de este recorrido, de casi doscientos kilómetros a pie, desde Vizcatán. Puso en un papel el itinerario y está expresado tal como lo escribió: «Salimos hacia Laguna. Seguimos a Punta Cerro. Seguimos. Llegamos conocido Caleta. Seguimos. Llegamos conocido Ronihs. Seguimos. Llegamos conocido Panel. Seguimos. Llegamos conocido Choza. Seguimos. Llegamos conocido Mirador. Seguimos. Llegamos conocido Chacra. Seguimos. Llegamos conocido Cerro Grande».

sachavacas o pescaban. Cuando se sintieron confiados, decidieron continuar. La columna de Aquiles intentó reiniciar la construcción de la trocha, sin éxito. Las espinas eran insoportables y los obligaron a seguir el perfil de los ríos, hasta que divisaron a un hombre.

—Somos narcotraficantes —le respondieron al hombre que preguntó por su presencia.

Le mostraron un paquete de piedras envuelto con cintas que simulaban ladrillos de cocaína. Llevaban los fusiles desarmados dentro de las mochilas y Alipio contaba con quince mil soles en efectivo por si tenía que pagar por su silencio. No podía darse el lujo de aniquilar a los preguntones, pues había tan poca gente que si faltaba alguien se sentiría el bosque vacío. El campesino confió y les mostró el camino. Luego de muchísimo tiempo, Aquiles volvía a ver algo parecido a una civilización. El sitio se llamaba Mallapo. Tenía ocho chozas.

El paciente

En la avenida Pershing, casi frente al puente que divide Magdalena de Jesús María, queda el Hospital Militar Central. Es una construcción de los años 50, erigida durante el gobierno de Manuel A. Odría. Un edificio eficiente, resistente, que sigue sirviendo para lo que lo construyeron. Tiene una media luna a la entrada y unos jardines enrejados, previos a la portada principal. Si se le observa desde lo alto, se advierte una curiosa forma de cangrejo. Allí estaba Aquiles internado. Había estado a punto de morir por culpa de un tiro que le atravesó la cadera.

Aquiles se había convertido en noticia. En un diario local se veía una foto suya, desde una cama, conversando con el ministro de Defensa del Perú. El mismo Aquiles sobre el que yo estaba escribiendo un libro.

Mis conversaciones con él se hicieron cada vez más frecuentes. Era un hombre que sabía mucho del dolor y eso me hizo pensar que el dolor debía poder medirse. Leí que existía una Asociación Internacional para el Estudio del Dolor que lo describía como «una experiencia sensorial o emocional desagradable asociada a un daño real o potencial en un tejido, o descrito en términos de dicho daño». ¿Cómo puedes describir el dolor del interior? Aquiles había sentido el dolor en todas sus formas. No era el único exintegrante de la agrupación terrorista que, cansado de abusos, había escapado. ¿Para qué volver?

Fui al tercer piso donde estaba Aquiles. Era una habitación en la que se recuperaban varios pacientes, separados por unos biombos grises. Uno de los biombos de tela ocultaba a Aquiles. Pregunté por él y un enfermo lo señaló: «Él es, el baleado del fondo». Aquiles dormía. Lo moví. Recién al tercer remezón, abrió los ojos. Sonrió:

—Por poquito me matan, mi comandante.

Cuatro días antes del 18 de setiembre de 2018, Aquiles había ingresado a una selva empinada, donde en un extraño aquelarre, senderistas, traficantes de droga y pobladores habían conseguido una máquina para construir una pista de aterrizaje clandestina y una serie de caminos para enviar droga por avión. Era un desafío a la geografía, a la ingeniería y, de paso, a las leyes.

Tras una marcha nocturna interminable por detrás del enorme cerro de Virgen Ccasa, se aproximaron a la maquinaria y se encontraron con la columna senderista. Fue un enfrentamiento armado, pequeño e intenso. Aquiles sintió los proyectiles muy cerca. Los terroristas huyeron como pudieron y dejaron el cadáver del camarada Basilio. Permanecieron en las inmediaciones, escondidos en la espesura. Un helicóptero debía aparecer para recoger el cuerpo del fallecido y a la patrulla. Cuando eso ocurrió, los rellenaron a tiros. Aquiles trató de ayudar a trepar a su compañero, pero recibió un impacto en la cadera; se golpeó la cabeza contra el fuselaje y la aeronave comenzó a elevarse, mientras él todavía tenía parte de su cuerpo afuera. Se desvaneció en ese instante y despertó en Lima.

—Casi nos quedamos sin libro, Aquiles.

—Estoy mejor. Me duele un poco, a ratos.

—No falta mucho para acabar.

—Ojalá que sea un buen libro.

Recordé la mañana en que desperté y vi el mensaje por una ventana de chat y creí que podía ser un engaño. Habíamos conversado varias veces. Primero, me costaba entenderlo, pues la lengua originaria de Aquiles era el asháninca y su traducción al español tenía las restricciones del cautiverio. Por ejemplo, un día le pregunté:

—¿Y cómo era, físicamente, la camarada Clara cuando te secuestró?

—Caminaba bastante —me respondió.

No demoré demasiado en darme cuenta de que Aquiles no manejaba las dimensiones del tiempo.

—He quedado más triste ahora.

—Cualquiera queda triste por un disparo. No te puedes ni parar.

—No es por eso.

—¿No? ¿Qué pasó?

Aquiles miró por la ventana. Su mirada señaló un punto en el vacío y me fue contando su desazón. Había una camarada llamada Lucía y él creía que si se rescataba a la masa, que si se acababa la guerra, o si moría el Militarizado Partido Comunista, ella quedaría libre, iría por la calle, le tomaría la mano, podría enseñarle el cine, los edificios, el mar, la comida. Eso no iba a pasar ya, porque un día Lucía estaba caminando por una de esas trochas llenas de desfiladeros, en medio de una lluvia, y se la llevó un derrumbe. O sea, de verdad, se la tragó la tierra. Aquiles no estaba tan triste por estar herido, como por saber que Lucía había muerto sin tener una sola oportunidad.

—¿Y cómo te enteraste?

—Me lo contó otro capitulado.

—¿Seguro que es ella, no habrá otras Lucías?

—A veces la gente se cambia el nombre. Es ella. Me ayudó y por eso la noticia llegó hasta acá. Míreme, me duele. Ella me duele más.

Hablamos un rato más, de asuntos menores o quizá no. Estaba distraído pensando en esa mujer que, al igual que el secreto de sus odios y sus temores, había permanecido oculta en su interior, mientras portaba un fusil y una dotación de granadas, atravesando la selva de la que terminaría huyendo, sin su amor.

***

Cuando le tocaba vigilancia, Lucía se acercaba a Aquiles. Él trataba de evitar su conversación. Tenía doble motivo para hacerlo. Uno puede olvidar varias formas de dolor, pero que le arrojen ortigas en los testículos y encima se los apaleen, desanima hasta al macho más imprudente. Además, recordaba lo que Raúl le hizo a Betuny, incendiándolo por persistir en enredarse con mujeres emparejadas. Por eso, si su sueño era sobrevivir y ser libre, tomarse la licencia de besarse con Lucía era una pésima inversión. Aunque eso no era lo más grave. A pesar de que se lo negaba de diferentes formas, ella intuía sus intenciones.

Una de esas noches, mientras los demás dormían, ella se le acercó, de la manera que lo estuvo haciendo últimamente: trayéndole noticias de la radio. Había aprendido a operarla y eso le permitía escuchar las conversaciones de los mandos. Sabía que a Aquiles —en realidad a cualquiera— le gustaba conocer las decisiones de los mandos y Lucía se daba esa licencia con él, para poder conversarle. Aquiles le dijo:

—Regresa a dormir, no quiero tener problemas con Raúl.

—Solo quería saber cuándo vas a escapar —le respondió ella.

—Yo no voy a escapar nunca.

—Yo sé que sí te vas a escapar.

—¿Y cómo podrías saberlo? ¿Eres bruja?

—Es que yo te quiero, Aquiles.

Aquiles se sintió desnudo y por un momento casi cedió. Decirle que sí, que durante todos esos años había estado planeando su escape. Y era un plan perfecto porque no lo sabía nadie.

—No voy a ir a ninguna parte. Tomaremos el poder, así dicen los camaradas.

—Cuando te vayas quiero que pienses en mí.

Aquiles enmudeció. Para él, la libertad, más que una opción, era un instinto y parte de ese instinto era tragarse su secreto, dejarlo dormido debajo de su lengua.

***

Los pocos vecinos de la aldea de Mallapo los miraban con curiosidad, pues en su vida habían visto tanta gente reunida. Tampoco tenían la menor idea de qué era un terrorista. Los narcotraficantes eran una leyenda como los chullachaquis, esos fantasmas de su penumbra. Los mandos se esforzaban en reforzar su papel de narcos extraviados. Indudablemente, la sorpresa de tener tan repentina —y masiva— visita los tuvo alterados. Constantemente preguntaban:

—¿Por dónde vinieron?

Y la respuesta, fiel al ensayo, era la misma:

—Vinimos rompiendo los cerros.

La gente de Mallapo les confirmó que resultaba imposible continuar avanzando por los contornos del río. Morirían. Ellos solo usaban canoas. Por más que Alipio les dio dinero para comprar gallinas y víveres y los retó a un duelo de fútbol donde se dejó meter un par de goles para hacerles creer que se le paseaba el alma, la cosa seguía sin cuajar. Las relaciones se mantenían tensas. No había confianza. Finalmente se desprendió del preciado bien que era la munición de escopeta y la estadía se hizo menos cargada. Alipio hizo las sumas y restas de su aventura y decidió comunicarse con José.

José había preferido mantenerse a recaudo. Recibió la noticia con la cautela que le daban los años. Si esas reservas venían de Alipio, tenía que tomarlas en serio. La experiencia serviría para más adelante.

El jefe de la comunidad pidió hablar con Alipio.

—Ya sé quiénes son ustedes —le dijo el comunero.

Alipio metió la mano en un costal y sacó mil soles. Le entregó el fajo:

—Sería mejor que lo olvides. Estamos por irnos.

Le advirtió que no avise ni al Ejército ni a las rondas.

—Ustedes son tan pocas personas que si los matamos no van a engordar ni a los tigres. Nadie se va a dar cuenta de que no están.

Alipio reunió a los mandos y les explicó que las condiciones eran adversas. Además de no haber suficientes canoas para trasladar a los ciento cincuentaiocho militantes, se exponían demasiado. Los pobladores de Mallapo pronto saldrían al Urubamba y advertirían de su presencia a los reaccionarios. Si se cargaban a uno, tenían que hacerse cargo de los demás. Tampoco podían comprar víveres en las cantidades que necesitaban. Levantarían sospechas. El acuerdo para replegarse fue unánime.

En la madrugada siguiente, el improvisado campamento estaba levantado y comenzaron el retorno que duró veintiún días. La marcha de vuelta utilizó al principio el mismo camino que abrieron, hasta que en cierto punto llamado Panel se desviaron. La ruta era peligrosa, abundante en desfiladeros y bosques tan tupidos que parecían muros[49].

Aquiles sentía una frustración terrible. Sus opciones de escape se desvanecían. A la mitad del recorrido, descubrieron una tribu de shipibos no contactados. Algunos se escondieron entre la maleza. Estaban bajo el control de un jefe tribal, que tenía cuatro mujeres de diferentes edades. Sus hachas, herramientas y demás artefactos eran de roca y, para hacer fuego, usaban un antiquísimo proceso manual con palos de achote, al que se llama jaiviquear. El sexo lo tenían cubierto con una especie de corteza de

49 Aquiles contó que el camarada Alipio perdió en ese trayecto una pistola. Intentó recuperarla, pero era un riesgo excesivo y tuvo que continuar.

madera. Hablaban amoysha, un dialecto incomprensible. Se alimentaban de yucas y carne de rata y serpiente. Para cazarlas utilizaban unos dardos envenenados y no sabían que existía la civilización, solo ellos.

Salieron del territorio de los shipibos, sobrepasaron el límite de La Convención e ingresaron en Junín, en las inmediaciones del río Chiquireni, un afluente del Ene. Las rondas locales no tardaron en reconocerlos y ponerse en guardia. Alipio les dijo:

—¡Somos del Ejército Popular de Liberación del Militarizado Partido Comunista del Perú!

Hubo llantos. Raúl, con esos aires magnánimos que a veces asombraban al más incrédulo, les dijo que no se asustaran, que estaban de paso. Que le mostraran el camino hacia el río Ene y se marcharían pronto. Los representantes del Comité de Autodefensa estaban alineados a mitad de un pequeño campo, con sus armas. Alipio se adelantó y miró al presidente del comité. Lo reconoció:

—Hola, camarada. ¿Para esto te saliste?

El presidente no se amilanó. Era un antiguo mando medio del Partido años atrás, pero había escapado, en una retirada de masas perseguidas por el Ejército. Se instaló en inmediaciones del valle del Chiquireni. Consideraba que tenía la edad suficiente para morir, así que no tenía miedo a que le dispararan. Respondió:

—Me fui del Partido Comunista porque ustedes mataron a muchas personas injustamente.

Alipio y Raúl se dieron cuenta de que si intentaban lidiar perderían tiempo y además se harían visibles, atraerían la atención de las bases militares próximas. Alipio se hizo una autocrítica, reconoció los errores del Partido, el proceder terrorista del expresidente Gonzalo. Dijo que ellos representaban otra línea, democrática, de apoyo al campesino oprimido. El presidente lo interrumpió:

—Camarada Alipio, aquí la gente no entiende de política. Lo único que ven es que están armados y los pueden herir.

—Solamente queremos que nos ayuden a cruzar el río.

El pueblo se enfrentaba a una disyuntiva. Si no ayudaban, los senderistas perderían la paciencia y podrían acabar con ellos. Los senderistas, si disparaban un tiro, perderían tiempo valioso en cruzar el río Ene. Necesitaban embarcaciones. Estaban demasiado expuestos y una cosa era tirarle balas a una autodefensa y otra tomar contacto con el Ejército. Los pobladores decidieron apoyarlos y, para no cargar la culpa, avisar a la base militar más próxima. Fueron hasta el puerto y trajeron los botes. Debían hacer tres viajes por lo menos. Primero pasarían los que tenían el armamento más importante y las radios y, por último, los fusileros. El río estaba cargándose. Estaban a medio cruzar cuando sintieron el rotor de un helicóptero. La autodefensa había logrado su propósito: alejarlos para ponerse a salvo y avisar. Raúl le dijo al conductor de la embarcación:

—Rápido, camarada. No nos van a disparar ahora. Si no te apuras, te volaré la cabeza.

El botero hacía lo que podía; las olas y la correntada detenían el envión. Aquiles sintió temor. Vio, al término de la primera oleada, que los camaradas pusieron en dirección las siegas de las ametralladoras para batirlas en su siguiente giro. Los pilotos olieron la intención y volvieron a su base, para alistar el regreso, mejor pertrechados.

—Después regresaremos a cobrársela —dijo Raúl, refiriéndose al pueblo.

Supusieron que tratarían de darles alcance, así que dinamitaron el camino. No ocurrió nada. Esperaron y al darse cuenta de que tenían la libertad de seguir, quitaron las trampas y continuaron el viaje hasta su refugio habitual en las inaccesibles montañas de Vizcatán.

***

El camarada José los recibió con buena comida. Dieron inicio a una nueva concentración cuyo tema sería los aciertos y errores cometidos en la incursión fallida a Camisea. Duró dos meses. Estaban a puertas de entrar a una nueva etapa en su guerra popular revolucionaria: «Nueva campaña y contracampaña de cerco y aniquilamiento», la cual debería prolongarse por dos años. En la capital, la caída del gobierno de Alberto Fujimori y la crisis política posterior redujo los patrullajes militares. Su alianza con los clanes del tráfico de drogas le dio un nuevo aire, y el remozado Sendero comenzó a atraer jóvenes. La paga en dólares era irresistible en un lugar sin horizonte.

Para ellos, lo del gobierno era una derrota que tenía que darse y a la cual habían contribuido directamente mediante sus acciones: la agitación, la propaganda, la política de masas. Decidieron ampliar su área de trabajo que estaba limitada a las inmediaciones del río Mantaro, y la expandieron en el sentido de los puntos cardinales hacia Triboline, Ccarhuaurán, Huachocolpa y Surcubamba. El Partido renacía, fortalecido. Esperarían que acabase la temporada de lluvia y se oreasen los caminos, y alrededor del mes de mayo, volverían a incursionar sobre la estación de gas.

La excursión al lejano Urubamba le había servido a Aquiles para varias cosas. Por ejemplo, saber hacia dónde no ir, es decir, hacia el este del río Ene, y medir los límites de su resistencia. No perdía la esperanza. No debía perderla. Para animarse, revisaba el cuaderno donde tenía escondido el dinero. Le gustaba mirarlo, acariciarlo, como si su verdadero valor fuera el de la libertad. Miraba su fondo azul, palpaba su piel de altorrelieve. Trataba de mantenerlos secos. Aquiles ignoraba cuánto podía hacer con esos billetes; y mientras no lo supiera, ese era el valor de la esperanza.

Casi al terminar los dos meses de reunión, Lucía llegó con una noticia que le devolvió la alegría. Se enteró por la comunicación entre los mandos que saldrían nuevamente a iniciar una campaña.

—¿Escaparás, Aquiles?

—¿Por qué me preguntas eso siempre, si te he dicho varias veces que no voy a traicionar al Partido? Hasta que tome el poder. De allí veré cómo me va.

—Aquiles, el Partido nunca va a tomar el poder.

—¿Cómo sabes tú eso?

Lucía sí había aprendido a leer. Había ideado un sistema personal, secretísimo, para aprender al hilvanar las letras y convertirlas en oraciones y una vez que pudo articularlo, guardó esa habilidad pues también podría ser su condena. Eso le permitía tener acceso a información sin que nadie lo supiera; tener revelaciones imposibles para los demás. Así fue como se enteró de que estaban secuestrados, de que la guerra estaba perdida, de que sus movimientos eran un último zarpazo. Cansados, inacabables, guardaban la lógica de un animal encerrado en una trampera, buscando porfiadamente una escapatoria, primero con tenacidad, y después con toda la violencia posible.

—Lo sé porque las guerras o se ganan o se pierden. En la guerra no hay empates. Yo veo que los pueblos crecen. Nosotros no. Nos acabamos. Nos hacemos menos, poquitos.

Aquiles dijo:

—Lo único que me molesta es estar caminando como un huevón.

***

El pronóstico de Lucía resultó cierto y las columnas, llenas de bríos, emprendieron la marcha a sus nuevos objetivos. Mientras José permaneció en Vizcatán, administrando el puesto principal, Dalton marchó hacia el norte, Alipio hacia el sur y William al oeste, a Púcuta, que es la bisagra entre la sierra y la selva de Junín. Alipio pronto se hizo sentir: bajó por Ccano y asesinó a un capitán de la policía e hirió a otras siete personas.

Saldrían en un pelotón de veinticinco militantes, donde también estaba Mendoza, su amigo, y Lucía, encargada de llevar la radio. Aquiles se puso feliz, pues al salir junto a William se le presentaba otra oportunidad. Recordaba que la experiencia de haber custodiado las últimas jornadas de libertad del camarada Feliciano le permitieron conocer con precisión ese terreno. Cruzaron el Tincabeni y llegaron a Palo Pelado, Ceja Perrito y a una seguidilla de cuevas cuyos inquilinos eran ellos y los pumas, en una calmada alternancia. Finalmente acamparon en Carrizales. Se juntaron con la población de los anexos cercanos para ayudar en la cosecha de la hoja de coca o papa, mientras la politizaban y así acabaron cerca de Púcuta.

Aquiles comenzó a impacientarse. La necesidad de hacerse libre lo apremiaba. Trataba de disimular sus intenciones, con esa obediencia que aprendió de muy niño. Cualquier sospecha, cualquier mínimo error, resquicio, o el hecho de hablar dormido, lo convertirían en hombre sin cabeza. En Púcuta percibió que el camarada William lo observaba, y trató de ser más estricto consigo mismo y comenzó a vigilar regularmente a Lucía, frente a quien había negado sus planes. William lo llamó:

—Aquiles, ¿tú traicionarías al Partido?

—Jamás, mi camarada.

William comenzó a reírse. Aquiles trató de que la duda no prosperara:

—Yo crecí aquí y aquí voy a morir, dando todo al Partido.

El mando continuó riéndose. Llevaba puesto un sombrero con las alas recogidas y en los últimos años había engordado. Su panza se hizo prominente, pero no impidió sus interminables viajes y tampoco le quitó la buena puntería.

—Estaba haciéndote chongo, Aquiles. Tú eres bueno.

—Gracias, mi camarada —le respondió.

—Eres un verdadero revolucionario. Seguro el Partido te dará un rol importante cuando triunfe la revolución peruana.

—¿Falta mucho para eso?

William se quedó pensando:

—Pronto. Así son los tiempos en las revoluciones. ¿Aguantas el frío?

—Solo nos queda cumplir la tarea. Por eso se aguanta, camarada.

—Habla con el camarada Román, vas a ir de contención.

Aquiles se fue a buscarlo. Estuvo temblando mientras le hablaba, solo que se dio cuenta después. Le estaba pasando últimamente. Cada vez que un mando lo llamaba o le preguntaba por su filiación y sentimientos hacia el Partido, él se tensaba tanto por dentro mientras mentía, que, cuando volvía a sus actividades, sus músculos temblaban.

Se encontró con Román. Aquiles sabía que Román lo despreciaba. Alguna vez le dijo: «Eres un arrasado, no como yo». Se hizo un mando medio, con poder sobre los combatientes senderistas corrientes y ejercía una pequeña tiranía disfrazada de disciplina.

Aquiles se fue a cubrir la contención. Miró las montañas con su cascarón blanco y entendió que ese era el lugar menos apropiado para marcharse. A diferencia de la selva, donde las distancias pequeñas se hacían enormes, en las sierras, las distancias enormes se hacían pequeñas. Un tirador entrenado podía cazarlo a casi un kilómetro. En cambio, en el monte, cien metros eran mucho. Cuando estaba solo, dejaba que la nostalgia lo abrazara[50]. Pidió a Dios una nueva oportunidad. Se puso a maldecir al desconsiderado de Román por dejarlo tanto tiempo en la contención. Igual, el sueño amainó sus sentidos. Cerró los ojos, tratando de rezar otra vez, y se durmió. No sintió que unos pasos estaban cerca de su puesto.

***

—Nos vamos a la selva —le dijo Lucía.

Aquiles despertó, asustado. Sintió que había descuidado la contención y no la sintió venir. Si hubiera sido un mando, le costaba una autocrítica violenta. Le quedó con las justas responderle:

—Ojalá que sea vedad. Hace demasiado frío. ¿Cómo sabes?

—Porque estuve escuchando al camarada José diciéndole por la radio a William: «Te vas donde el camarada Dalton. Van a hacer un trabajo».

—Eso es bueno. Me voy a morir de frío. Yo soy selvático. El frío me caga la vida.

—Podrás irte, Aquiles.

—¿Por qué sigues con eso, camarada? ¿No te he dicho que no voy a traicionar al Partido?

—Aquiles, es que yo te amo.

Se acercó un poco más, hasta que lo rozó. Dejó su fusil a un lado y lo besó. Aquiles no supo cómo reaccionar. Miró hacia varias partes, como un insecto alerta. Lucía se acomodó sobre él. Fue una anémona, pegajosa, succionándolo, haciéndolo sopor. Era una puesta en escena poco

50 «Yo era solitario. Todos los días miraba hacia arriba. Tenía una inmensa tristeza. No sabía llorar ni dejar de pensar en escaparme y dejar esta porquería», contó Aquiles.

real: los dos cuerpos atenazados, con el frío de fondo. Los fusiles sin voz, la carne expuesta lo suficiente para darse un festín de fluidos y un intercalado de gemidos al viento. Cuando acabaron de hacerse el amor, ella se puso de pie y él volvió a vigilar.

—Hemos puesto en peligro a los camaradas.

—Pronto acabará, Aquiles.

Se fue sin despedirse. Parecía una mujer rabiosa, mordiendo un desamor repentino. Pasaron dos días y William los reunió para avisarles que se moverían hasta el Interandino, a casi diecinueve kilómetros de donde estaban. Serían cuatro días de camino.

—Nos encontraremos con el camarada Dalton. Aquiles, tú serás la avanzadilla.

Segunda parte

VI. Correr para vivir

Román sugirió secuestrar a un poblador que andaba por las inmediaciones, quien les serviría de guía. Eso les permitió llegar a tiempo al Interandino, sin retrasar el encuentro con Dalton. Aparecieron por ese caserío con el amanecer y de inmediato se refugiaron en la pequeña escuela primaria. Para Aquiles fue una jornada de hambre. Román lo mandó a hacer guardia desde que llegaron y, por la tarde, con los intestinos crujiendo, decidió bajar a una chacra. Encontró al dueño de las parcelas. Era un hacendado y no un campesino. El hombre se paralizó. Para cualquier senderista, el hacendado era un representante genuino de los opresores del pueblo, y para el hacendado, Aquiles era un probable verdugo.

—Tío, buenos días. Soy compañero del Partido.

—Sí, ya lo sé —respondió el hacendado, sin moverse.

—¿Me puede invitar de comer? Tengo mucha hambre.

El hacendado trajo choclos y papas recién cocidos, con queso fresco. «Come todo lo que quieras, si quieres más, me buscas de nuevo», le dijo. Volvió a su puesto, donde lo esperaba otro joven camarada, Martín, también raptado de una comunidad asháninca. Recién a la medianoche, Román se animó a relevarlo. Le dio dos paquetes de galletas y le dijo:

—No nos quedaremos aquí, ya nos vieron, ¿no? Alístate para volver a caminar.

No descansó. Aquiles comenzó a arder. Estaba convertido en una piedra con material incandescente por dentro. ¿Debería escapar? ¿Cuándo, maldita sea, lo iba a hacer?

Siguió andando por una selva cerrada hacia un nuevo paraje y otro y otro y cavilando, maldita sea, cuándo lo harás, cuándo, por dónde, cuándo, cómo y cuándo, cuándo.

—¡Aquichoooooooooo! —gritó William.

Aquiles dejó de pensar.

—¡Mi camarada!

—Abajo hay una chacra. Vayan a traer alimentos.

Se fue con Román. El poblador les dio una buena cantidad de víveres: yuca, caña y choclo. Román le dijo: «Espérate, no te me vayas a cansar» y le subió toda la carga en la espalda. Aquiles le reclamó:

—Camarada Román, ¿voy a cargar todo?

—Sí, arrasadito.

Aquiles obedeció. Apenas podía cargar los víveres en aparejos, mientras que Román solo llevaba su fusil. Cuando se reunieron con el grupo, William se dio cuenta:

—Román, ¿por qué le has hecho cargar solamente a Aquiles?

Se quedó callado. Aquiles estaba harto. Cuando acabaron de comer los veintisiete del pelotón, que incluía a algunas de las mujeres de los mandos, volvieron a salir. En ese momento, Aquiles no sabía que el plan de los mandos era atraer al Ejército hacia una emboscada. Aparecían en un poblado, se dejaban ver, hacían proselitismo y esperaban una reacción. Como no se daba, salían hacia otro, y así, hasta que en un momento William y Dalton convinieron en dar un golpe más cinematográfico: atacar la comisaría de la Policía Nacional en San Martín de Pangoa. Dalton estaba enterado de que los guardias que custodiaban el puesto policial eran pocos; posiblemente media docena. Ellos, sumando las dos columnas, eran casi setenta. No solo sería un ataque que los haría nuevamente famosos, sino que les daría una abundante cantidad de fusiles y pertrechos.

No era poca cosa atacar Pangoa. Lo separaba apenas trece kilómetros de Mazamari, donde se encuentra la sede de los Sinchis —la fuerza policial contraterroristas por excelencia— y el aeropuerto militar más importante de la región. Siguiendo la misma vía, se hallaba la sede del batallón Nro. 324, el de los Natalios, que tenían bastante experiencia de combate. Pangoa era un distrito de unos cuatro mil habitantes, y Dalton y William se sentían con la suficiente potencia de fuego para lanzarse al ataque.

Para eso, debían emprender una nueva marcha y volver a abastecerse de víveres. Eligieron asaltar la población de Kiatari, a solo doce kilómetros de San Martín de Pangoa. La marcha duró cuatro días. Se valieron de guías. En un descanso, Lucía se acercó a Aquiles y le dijo:

—Vamos a ver la ciudad.

—¿Cómo?

—Veremos luces. Brillantes. En serio. No te estoy mintiendo.

Lucía le explicó que hacia donde iban, se veían luces de ciudad. Que ella había estado una vez por las inmediaciones de ese sitio y, aunque no llegó a Pangoa, desde las alturas se veían muchísimas luces juntas.

—Si juntas las luces de los pequeños pueblitos que hemos visto en nuestra vida, no alcanzarían las de Pangoa. San Martín de Pangoa.

—¿Como el camarada Martín? ¿Así se llama?

Los dos sonrieron sin verse. Las bandadas de luciérnagas los iluminaban.

—Las luces son como esas. Las de las luciérnagas. Se ven a esa distancia. Pronto estarás al medio de esa luz. En esa luz se es libre, como las polillas. ¿Has visto las polillas? Que le dan vueltas y vueltas a la luz. Dan las vueltas que les da la gana. Son libres.

—¿Tú crees?

—Sí, camarada. Nosotros somos polillas en una jaula.

Aquiles la miró. Conocía, a pesar de la enorme penumbra, la forma de su rostro; las formas de su feminidad impermeable a los maltratos. Se atrevió. No era posible que ella lo traicionara.

—Lucía, ¿por qué no nos vamos los dos? ¿No te cansa estar caminando para tanta parte? ¿Para qué? Cerros y cerros, como idiotas. Un día nos va a matar el Ejército, van a creer que somos como ellos.

—Te amo. Quisiera irme contigo. Pero mi mamá está en uno de los wawawasi, criando los hijos de los mandos y los combatientes. Si saben que escapé, le cortarán el cuello. Prefiero morir en un combate o por una enfermedad. Si matan a mi mamá… ¿Crees que podría vivir sabiendo que la mataron por mi culpa? En cambio, tú, Aquiles, no eres de aquí. No tienes a nadie. Te quitaron a todos.

—¿Y si es verdad que nos matará el Ejército o nos meterá a la cárcel para toda la vida? ¿Y si tienen razón los camaradas?

—Te pueden matar en cualquier parte. Te pueden matar los camaradas del Partido, los animales del monte o las enfermedades. De eso hemos visto de sobra. Estoy segura de que no hay manera más rica de morir, que morir en libertad. Si algún día te toca, no estarás con las manos atadas, saludarás a la muerte, le dirás, bienvenida, aquí te esperaba, amiga. Los que nos quedamos, tendremos que esperarla, así, con nuestras cadenas. Amarrados. Tú no. Si te llega la muerte, será a tu manera, ya verás.

***

A las cinco de la mañana de algún día del invierno selvático del año 2003, una columna armada del Militarizado Partido Comunista del Perú irrumpió en el poblado de Kiatari, a doce kilómetros de la capital del distrito de Pangoa; sacó a los pobladores de sus casas y los juntó al centro de un campo de fútbol. El líder de la toma dio una lección partidaria sobre sus avances en el nuevo milenio: «Las expectativas del Militarizado Partido Comunista del Perú son objetivas, y necesariamente el siglo XXI será el siglo del establecimiento definitivo del socialismo mundial y el derrocamiento cabal y completo del sistema imperialista mundial, mediante el desarrollo y triunfos de las guerra popular democrática y socialista dirigidos por el proletariado a través de sus Partidos Comunistas, del cual es parte y está al servicio el desarrollo de la guerra popular democrática del Perú...».

Los atemorizados pobladores, algunos de los cuales habían visto en vivo y en directo otras carnicerías, no escuchaban. Solo pensaban en cómo escapar o en que se les haga un milagro, pues sintiéndose capturados, lo demás podría resultar una tragedia. Ocurrió lo segundo, o sea, el milagrito. Después de arengarlos, William les lanzó un anzuelo:

—¡Les pedimos apoyo con víveres para continuar con la lucha armada!

Hasta los más tacaños colaboraron. Mientras esto ocurría, Aquiles conformaba la guardia que debería de intervenir a los carros que venían desde el distrito, detenerlos e identificar a los pasajeros. Si por casualidad eran soldados o policías, se les debía separar, confiscar sus armas y ejecutarlos. Se habían apartado de la columna un kilómetro adelante, junto a Mendoza y Martín. Aquiles miró el horizonte. Calculó que corriendo a buen paso podría alcanzar el pueblo grande que se veía al final y la columna no se iría a exponer a entrar a plena luz del día para buscarlo. Primero debía matar a Mendoza que estaba armado con un fusil AKM y a Martín, con un FAL de 7.62.

Se puso detrás de ellos, a una distancia prudente, calculando estar en línea de mira hacia ambos. Cuando eso sucedió, movió lentamente el mecanismo de armar del

AR-15, cuyo alcance efectivo es de 500 metros. Se había convertido en un tirador de fiar. Comprobó que la bala ingresó en la recámara y sin perder tiempo eligió el primer blanco: Mendoza, quien era, al fin y al cabo, un mando y además más hábil que Martín. Martín era un arrasado asháninca, igual que él y, en el fondo, también estaba con ellos a la fuerza.

Lentamente, subió el fusil para ponerlo en posición. La cabeza de Mendoza apareció en la línea del alza y el guion.

***

No disparó. Cuando lo tuvo en la mira [51] contuvo el dedo anular sobre el disparador del AR-15 y se le nubló la visión. Recordó que con Mendoza había pasado momentos difíciles: hambre, frío, calor, cansancio, miedo, los destierros. Era un poco mayor que él, posiblemente tres o cuatro años, y la única diferencia entre los dos era la convicción de Mendoza sobre los motivos líricos del Partido. Mendoza solía recitar de paporreta las conclusiones del camarada José: «Luchar. En medio de la lucha, ir adoptando formas de lucha adecuadas. En toda la historia de cualquier país del mundo, siempre los gobiernos reprimieron las protestas populares». Y justificaba cada acto como un requisito necesario para llegar a la conquista del poder.

Mendoza no tenía otro horizonte en la vida. Había tenido un hijo, Sandro, e hizo que la madre lo entregara a los encargados de los wawawasi. Siempre hablaba mal de los Estados Unidos aunque nunca había visto siquiera un mapa y menos a un norteamericano. Una vez, en una toma de pueblo, se puso a politizar y gritó:

---

51 «Me sentí muy humano, yo también tenía mis sentimientos», dijo Aquiles sobre ese momento.

—Al imperialismo yanqui y a sus lacayos todavía no los hemos derrotado totalmente ni expulsado, y para que este objetivo se concrete, hace falta recorrer un trecho largo y más difícil; por tanto, nuestras victorias son pasajeras y nos van fortaleciendo gradualmente, mientras que las derrotas del enemigo son también pasajeras y lo van debilitando gradualmente.

Una pobladora, al oírlo, se puso a llorar. Mendoza dejó de hablar y le preguntó por su llanto:

—Es que van a matar a mi Yanqui.

Y señaló a su sobrino, pequeño, de unos diez años, que se llamaba Yanqui. Mendoza le dijo airadamente que no se trataba de él, sino de unos yanquis de verdad, de pelo amarillo, que vivían lejos, que eran unos tiranos imperialistas, que nunca había visto, que el día que los viera, les haría pagar por la opresión, por el abuso contra nuestro pueblo, les descargaría en sus espaldas la furia de su machete.

Aquiles bajó el fusil. Lentamente retiró la cacerina y sacó la bala de la recámara. Se puso de pie. Tomó todo el aire que pudo y se acercó a la posición de Mendoza. Le dijo:

—Camarada Mendoza, ¿cuándo tomaremos el poder?

—Pronto, Aquiles. ¿No ves cómo avanzamos? Desde aquí se puede oler nuestro triunfo. ¡Ah! Verán los reaccionarios. Conocerán nuestros nombres. No será fácil subordinarlos. Qué más da. ¡Lo haremos!

Al paso de varias horas, Román los llamó por una radio Motorola. Comenzaron a retirarse y Aquiles trataba de retrasarse a propósito para perderse de vista. Los dos senderistas no lo descuidaban. Mendoza lo apuraba: «El grueso nos va a dejar». Y Martín: «Nos vamos a quedar sin fiambre». Comenzó a oscurecer. A Aquiles le desesperaba ver que las luces se alejaban. Era cierto lo dicho por Lucía. Eran como constelaciones de luciérnagas.

Entrada la noche, llegaron al campamento improvisado. Encontraron a los mandos evaluando la incursión del día. El Ejército no había aparecido y si los policías de Pangoa o Mazamari tampoco habían ido a husmear era porque no se sentían confiados. Sucedió lo de siempre: los mandos estaban comiendo arroz con pollo y a los combatientes les dieron sopa de maíz y galletas. Aquiles apenas probó un bocado y lo mandaron a hacer guardia con Martín.

No podría escapar en ese momento, pues tendría que matar a Martín y ya sabía que no tendría el cuajo de hacerlo y estaba a poca distancia de los mandos. Si erraba en la ruta, podía dar una vuelta en círculo y terminar donde comenzó. Debía esperar a que Martín se durmiera, que amaneciera y con la claridad ubicar la dirección. Tampoco acertó. Cerca de las cuatro y media aparecieron Lucía y Gloria, la esposa del camarada William, a repartirles avena. Apenas pudo, Lucía le avisó que irían un poco más adentro en el monte, pues Dalton ya se acercaba. Aquiles se entristeció. Sabía que si las dos columnas se juntaban para atacar Pangoa sus posibilidades se anularían: habría demasiados mandos y combatientes senderistas en el radio y, además, ni bien destruyeran el puesto policial, el Ejército saldría a perseguirlos y volverían a perderse en las rutas hacia Tsomaveni.

Como otras veces, Lucía le dio la información exacta. Entrarían en contacto con Dalton y comenzarían la marcha. Román llegó con varios kilos de carga[52] y le dijo que comiera rápido sus galletas para que cargase en la marcha. No comió. Se las regaló a Lucía y comenzaron a andar. De rato en rato, Aquiles observaba la dirección del camino que se iba alejando. La camarada Gloria se percató:

52 Aquiles montó en cólera. Román le dio doce kilos de sal, quince kilos de maíz, veinte atunes y cuatro kilos de papas secas que tomaron de la población de Kiatari.

—¿Qué tanto miras para allá, Aquiles? ¿Acaso quieres escapar?

—Tengo que estar atento, camarada. Nunca hincaría la rodilla en contra de nuestro Partido.

Gloria no respondió y la marcha continuó hasta un paraje donde instalaron la radio para hablar con Dalton, que debía estar a mediodía de distancia. Se detuvieron. Debajo de una ramada, Román había instalado una máquina de escribir y tecleaba frenéticamente: «¡Viva la guerra popular! ¡Viva el maoísmo-marxismo-leninismo!». Aquiles le preguntó qué hacía y Román le contestó que preparaba volantes para repartir en las poblaciones.

William observó que Aquiles no comía. Le preguntó por su vitualla y este nuevamente mintió: que por hambre se la había comido, además llevaba demasiado peso. William le ofreció un poco de la suya. Tallarín con atún.

—Cuando termines de comer vas a la parte de atrás a cubrir la trocha por donde vinimos. No vaya a ser que nos hayan seguido o visto nuestras huellas. Más tarde, cuando te relevemos, organizas el juego de ajedrez. Hay sal y jabón para repartir.

—Sí, mi camarada.

Aquiles comió despacio. Cogió su morral y guardó lo más importante. Román seguía escribiendo, Gloria conversaba con William y Lucía ponía a punto la radio para ubicar a Dalton al otro lado de la frecuencia. Ella fue la última que lo vio. Estaba resuelto, con los pies encerrados por las botas, el buzo azul y el arma a la bandolera. Lucía quiso hacerle la señal del adiós. Lo evitó. Sabía las consecuencias de levantar siquiera el índice de la mano. No había desaparecido todavía. Lo iba a extrañar.

***

Esta es mi oportunidad, carajo, pensó.

Estaba a la distancia suficiente; unos trescientos metros. Llegó a una especie de puesto de vigilancia natural. Habían pasado casi doce años; es decir, casi ciento cuarenta y cuatro meses; cuatro mil trescientos ochenta jornadas. Ingresó al hueco y evaluó: podía escapar y ser apresado y vivir en una cárcel como el camarada Feliciano o mantenerse en el Partido o seguir caminando por las punas y las junglas hasta que un día terminase siendo rodeado por los ronderos o los militares y acompañar a su abuelo Pablo Lindo y a sus primitos y a sus tías. Decidió no irse. A lo mejor torturaban a Lucía. Se puso de pie, dio uno, dos, tres, cuatro pasos. Se detuvo. Volvió al puesto. Creyó que lo estaban vigilando. Se dijo: Mejor no. Estoy buscando mi muerte. Se dijo: Me agarrará el Ejército, me meterán preso, me pondrán en una jaula, me dirán eres un terrorista, un rojo. Se dijo: Yo les diré que me secuestraron cuando era un niño. Yo no tengo la culpa. Se dijo: A lo mejor José tiene razón y ellos te matan, te encierran. Se dijo: Voy a seguir caminando como un imbécil, cerro tras cerro, volviéndome pálido, blanco. Moriré peor que perro, me enterrarán peor que perro. Se puso de pie. Tomó el fusil y lo dejó cargado y sin seguro, de manera que el que fuera a tomarlo, se disparara y no lo siguieran. Eran las dos de la tarde.

Corrió fuerte, fuerte, fuerte. Muy fuerte. Extremadamente fuerte.

Sus piernas se convirtieron en unos motores. Utilizó el camino que emplearon en el último trayecto. Se halló frente a un barranco de unos diez metros y atolondrado por el pánico, lo saltó, cayó de pie y continuó la carrera. Siguió. Siguió. Siguió.

Siguió.

Casi doce años quedaban a su espalda. Siguió.

Los pulmones se expandían y parecía que se le iban a reventar las costillas. Hasta que llegó a un puente que cruzaba el río Sonomoro y se lanzó hacia el agua. No vio una ramada suelta y, al momento de saltar, se enganchó de los bejucos y quedó colgado del cuello. Se estaba estrangulando. Comenzó a pelear con la liana y se dio cuenta de que se había liberado cuando cayó al agua. Las botas se llenaron de líquido y el peso lo comenzó a enviar hacia el fondo. Hizo un nuevo esfuerzo y salió a flote. Nadó hasta tocar piso. Un tronco arrastrado por la corriente lo golpeó a medias. Tomó la orilla, salió del río y se internó en el monte. Halló una quebrada con otro cauce ruidoso. Persiguió su sinuosidad hasta que llegó a una catarata. No podía retroceder. Habían pasado más de cuatro horas desde el inicio de su fuga y sus perseguidores eran tan buenos atletas como él. Decidió lanzarse desde esa nueva altura. Felizmente no había ninguna peña. Volvió a llegar a un fondo, las botas se llenaron de agua y otra vez hizo el esfuerzo de nadar y tomar otra orilla. No era una orilla, sino una cueva. Su presencia levantó de su siesta a miles de murciélagos. Salieron espantados, lo golpearon, lo derrumbaron. A pesar de estar arrinconado contra las paredes, pudo ver un halo de luz de luna y corrió hacia allí.

Dio unos cuantos saltos más fuera de la cueva y descubrió los ojos luminosos de un otorongo.

No puede ser que vaya a morirme justo hoy día, pensó.

Le habló con firmeza, bajito, en idioma nativo. «No te voy a gustar, mi carne no es sabrosa, está dura de tanto sufrir, déjame ir». «Hoy no», dijo. Tomó una piedra. Se la lanzó. El felino pareció comprender. Se fue por la cañada y se dejó tragar por la oscuridad.

Siguió corriendo. Las luciérnagas se prendieron y le dieron vida a la arboleda y se topó con las primeras chacras. Un campesino discutía con su mujer. Los bordeó. Los caminos humanos comenzaban a aparecer, se hacían rutas, que salían a la izquierda y la derecha y trataba de decidir rápido, tratando de apuntar siempre hacia el oeste. Debían estar persiguiéndolo.

Era cierto. Exactamente a la hora de haber fugado, Román dejó de escribir en la máquina. Intuyó que algo no estaba en orden. Salió a verificar los puestos y halló el AR-15 de Aquiles, solitario.

—¡Sabía que ese arrasado nos iba a traicionar!

Tomó su arma y llamó a Mendoza y dos camaradas más para perseguirlo. Llevaron cuerdas para ahorcarlo y puñales. Uno de los camaradas, llamado Saúl, era paisano de esa región, de manera que conocía mejor las trochas. Lucía quiso retrasar su partida:

—A lo mejor está por allí, y se fue a hacer sus necesidades —dijo.

—Cuando regrese con su cabeza, ajustaremos cuentas contigo —le respondió Román.

Salieron y ubicaron las huellas. Iban más rápido que él, pues el senderista guía no perdía tiempo en decidir y las huellas de las botas estaban demasiado frescas para perderse. Si Aquiles se detenía, Román lo decapitaría, arrojaría el cuerpo al agua y volvería con el cráneo para mostrarlo como prueba de su éxito.

En una bifurcación, Aquiles se detuvo nuevamente para elegir. Sintió que estaba pisando un objeto extraño: era una serpiente marrón. El reptil y él se asustaron. Lo mordió, la bota lo protegió y siguió corriendo.

—Debe ser de la suerte —pensó en voz alta.

La cercanía de las poblaciones se hizo evidente con la aparición de un camino más grande, probablemente usado por camionetas rurales. Estaba por alegrarse cuando escuchó un disparo. Se lanzó al piso.

Se tocó el cuerpo. Teóricamente, sabía lo que debía ocurrir si un proyectil le impactaba. Debía de sentir calor o un adormecimiento. Nunca dolor. El dolor era un efecto posterior, el postre del sufrimiento. Siguió palpándose y no hallaba la bendita herida. Cuello, pecho, nalgas, piernas. Vio el fogonazo del siguiente disparo. Se percató de que no le disparaban a él, sino que un hombre trataba de acertarle a un majaz. Ambos, el cazador y la presa, pasaron cerca, pero no lo vieron.

Entonces notó unas sombras humanas que avanzaban velozmente. Estaban cortando las ramas; se oía el filo del machete. Interceptaron al campesino con el majaz en su hombro, y la escopeta en una de las manos. Era Román. Aquiles, con el cuerpo en la tierra, podía distinguir las cinco siluetas a cierta distancia y los gritos del mando, amenazando al hombre. También oyó el discurrir, a unos treinta metros, de un río. Concibió un plan desesperado. Arrastrarse sin mover las fibras de las hojas. Reptar hasta llegar a la orilla y lanzarse al agua.

Comenzó a reptar. Pidió a Dios, a Pablo Lindo, a sus muertos, a sus vivos, a su cuerpo. «Aquichoooooo», oyó la voz de Mendoza. ¿Seguiría siendo su amigo si lo capturaba? ¿Pensaría como él, cuando lo tuvo en la mira del AR-15 y decidió no jalar el gatillo? Conociendo a Román, la probabilidad de que le diera ese encargo a Mendoza era altísima. «Aquiles, camarada, no te vamos a hacer nada, regresa. El Partido será bueno contigo», gritaba. Faltaban quince metros. Quizás doce. La experiencia como avanzadilla le permitía hacer ese cálculo; el de las voces enemigas, su distancia. Escuchó un disparo, un alarido. Era la voz del campesino. Aquiles sintió pena por el hombre. El rayo de la linterna pasó cerca, sintió como si lo rozara, oyó a Román: «¿Qué es eso? ¿Qué es eso?». Era el momento de dar el salto. Nuevamente se impulsó. Su cuerpo tomó una curvatura extraña antes de golpear contra el agua. Escuchó los gritos, la trayectoria de los proyectiles entrando al agua. Le estaban disparando. Se dejó llevar por la corriente. Iba cayendo por pequeñas cascadas, su cuerpo daba contra las rocas. Nadaba como podía y cuando el agua se lo permitía, se revisaba a ver si tenía una herida. El río hizo un recodo pronunciado, hasta que por fin vio la primera población.

No sabe cuánto recorrió. Solo que estaba vivo porque por ratos sentía que se ahogaba. Recordó en ese momento una frase de Pablo Lindo: «Ríete cuando sientas dolor. Significa que estás vivo».

***

Aquiles no supo cuánto nadó o se dejó arrastrar por la corriente. Comenzó a sentir dolor en el cuello. Alcanzó a orillarse y se metió en un cafetal. De su morral sacó unas zapatillas y arrojó las botas y el buzo de dotación del Partido Comunista. Caminó con cuidado. Temió volver a toparse con Román y decidió orientarse por la música de un parlante. Era un huayno melancólico, con unos acordes en arpa y violín. Aquiles fue avanzando, hasta que estuvo cerca y halló el camino: cuatro hombres tomaban cerveza alrededor del parlante y estaban ebrios. Se percataron de su presencia y sin preguntarle quién era lo invitaron a tomarse unos tragos:

—Estamos celebrando que el precio del café nunca va a subir —dijo uno.

—Regresaremos a sembrar hoja de coca. Llenaremos las chacras, seremos millonarios —dijo otro.

Aquiles les agradeció la invitación y se excusó. Debía llegar rápido a su casa, lo esperaba su familia. El cafetalero le gritó:

—Tú te la pierdes, paisano. ¡Mira cuántas cervezas nos quedan! Si te arrepientes, vienes. No es bueno ser tan pisado de la mujer.

Los demás se rieron del consejo y el cafetalero le hizo una venia de despedida y se paró a voltear la cinta de música.

Aquiles siguió su camino. Había reducido la velocidad de marcha, aunque el corazón mantenía el ritmo fuera de sí. Trataba de evitar las casas.

Sintió un perro. Dio un aullido beligerante, listo para destrozar su pierna. De un salto, Aquiles pudo subir a una pirca. El perro se estrelló varias veces contra el muro, enojado, tratando de cogerlo. Oyó una voz:

—Calla, Diablo. Calla. ¿Quién anda por allí?

El perro retornó donde su dueño, meneando el rabo. La luz de la luna le permitió a Aquiles distinguir rápidamente que estaba armado de una escopeta. Volvió a preguntarle a la oscuridad:

—¿Quién está? ¡Sal! O te meto bala.

—Yo, tío. Yo. No dispare.

—Sal, mierda, no va a pasar nada.

—Tío, deja tu armamento, pues, y salgo.

—Está bien, respondió.

Dejó la escopeta en el piso y, además, llevó al perro hasta su cadena. Aquiles se acercó y lo miró de cerca. La luna hizo lo suyo; pudieron distinguirse. Se llamaba Johnny Orozco y, pronto, Aquiles supo que no era un hombre común y corriente:

—Me escapé —le dijo.

—Sé que te has escapado —le respondió Johnny Orozco.

—¿Cómo sabe?

—Hace una hora pasaron por acá cuatro camaradas diciendo que te habías perdido porque te equivocaste de camino.

Aquiles volvió a sentirse perdido. ¿Por qué fueron directamente a esa casa, habiendo tantas otras? ¿Tan cerca estuvieron? ¿Quién era este señor? Johnny Orozco se adelantó en responderle.

—Yo también fui camarada del Partido.

—Ellos me han querido matar. Mire mi cuello como me lo dejaron[53]. Por eso escapé.

—No te asustes. No te voy a entregar. Vamos a otra parte.

Fueron hacia otra construcción, detrás de unos árboles de naranja. Aquiles le relató su escape. Orozco lo oía, y de paso recordaba. Había, en su historia, personas en común: «¿Está vivo, todavía? ¿Sigue siendo mujer de este camarada?». También conocía a Román. Lo recordaba con precisión, pues era un militante corriente a mediados de los años 90. Tuvo un ascenso vertiginoso dentro del Sendero de los Quispe Palomino en razón de que, durante el ataque a un helicóptero ocurrido en setiembre de 1999 en Sanibeni, Román salió del bosque y fue ejecutando a los sobrevivientes. Sobrepasó en jerarquía a mandos más antiguos y ese poder lo volvió peligroso, incluso para sus propios cuadros.

Tiempo después, Román degeneró. Una columna estaba preparando una emboscada a una patrulla del Ejército y cuando los soldados se aproximaban a la zona de muerte, Román se puso a cantar y los alertó. No sería la única vez. El camarada José, preocupado, llamó a su buró. Era un hecho que a Román se le estaba zafando una tuerca. Los informes sobre sus constantes diálogos con él mismo eran otra muestra. Los mandos se reunieron y la decisión sobre su destino tuvo una lógica, que comenzó con la perspectiva de José:

—No solo no puede ser un mando, sino tampoco un combatiente. Las próximas misiones las va a volver a joder.

—En el Partido no hay degradaciones. Eso solamente se ve en la reacción —intervino el camarada Alipio

—Entonces, ¿qué hacemos, camarada?

53 Aquiles confesó: «Tuve que mentirle, eso me hice con los bejucos».

Alipio ya tenía una decisión antes de entrar a concertar. Salió de la carpa y fue a buscarlo. Román estaba tomando un caldo, cerca de una cocina al paso:

—Camarada Román, entiendo que oye voces.

—Muchas voces, camarada Alipio. Me dicen que cante, que baile, que diga cosas. Son voces agradables, parecen de gente cariñosa.

—Pues fíjese que tengo la solución a ese problema de las voces invisibles, camarada.

Alipio cargó su fusil y le apuntó a la cabeza. Román quiso discutir. Fue en vano. La bala fue bastante más rápida que cualquiera de sus argumentos y le acabó el zafarrancho en la cabeza.

Johnny Orozco siguió hablándole a Aquiles sobre su apartamiento de la fuerza, de sus motivaciones, hasta que en un momento se detuvo a preguntarle si había comido algo:

—Tengo una lata de atún —respondió Aquiles.

—Lo malo es que no tengo cuchillo acá para abrirla. ¿Cómo hacemos?

—Con una piedra no más.

Tomó una piedra filuda y comenzó a golpear la lata, sin éxito. Orozco se rio.

—Sí que debes tener hambre.

Orozco lo dejó terminar. Le susurró que irían a otra casa, un poco más allá. Román podría volver. Aquiles accedió. Le estaba perdiendo miedo. Fueron hasta la otra vivienda, con cuidado. Le dio un colchón y una pequeña cubierta. Tomó la previsión de esconderlo en un cuarto aparte, donde tuviera tiempo de reaccionar si sus perseguidores reaparecían.

Durmió a medias, por saltos.

Amaneció.

Los gallos cantaban libremente y no como en los campamentos, donde se les hacía una incisión con navaja en el cuello. Orozco también despertó y fue a buscarlo.

Tomaron un desayuno frugal, con avena y galletas. Con la claridad, Aquiles pudo ubicarse mejor y apreciar los contornos de la casa. Había cinco perros, al parecer más amistosos que el Diablo. Orozco le entregó un uniforme de escolar, blanco y plomo. Era de su hijo mayor, que estaba en la capital. Le dijo que se lo pusiera. Sonrió al verlo:

—Pareces un alumno de colegio. Te queda exacto.

VII. Renacimiento

—Tengo que irme para Pangoa. Te dejaría en la casa, pero mejor vámonos. Voy a ir a ver si hay animales en una trampa que tengo por allá. Me esperas y por la noche volvemos, si quieres —le dijo Orozco.

Aquiles obedeció. Salieron de la casa a la carretera contigua y al rato apareció una combi, arrastrando su polvareda, con un letrero fosforescente con el nombre de su destino final: Pangoa. Orozco estiró el brazo para detenerla y apenas subió se dio cuenta de que el cobrador, al ver a Aquiles con uniforme de escolar, lo dejó afuera:

—No subas, chiquillo, carajo. No hay espacio para ti. Más atrás vienen otros carros.

Orozco comprendió lo que pasaba. Los alumnos de colegio pagaban menos precio por el pasaje y para el cobrador era un mal negocio. Entonces intervino:

—No seas pendejo, paisano. ¿Cómo lo vas a dejar sin ir a clases? Yo pago.

Los demás viajeros también reclamaron y el chofer lo subió, maldiciéndolo. El carro se puso en marcha. Era la primera vez en su vida que Aquiles subía a un vehículo y comenzó a padecer los efectos de la velocidad y las curvas: sentía que los árboles corrían. «¡Mierda!», decía para adentro y tomaba con fuerza el sujetador metálico del asiento para no vomitar. Orozco se dio cuenta de que se estaba poniendo blanco y le preguntó qué le pasaba. Le respondió:

—Nada. Es solo que debo controlar mi mente. Los árboles están corriendo.

Conforme iba pasando por los caseríos intentaba levantar la mirada para identificar la ruta de su fuga o los signos de la cercanía de la columna. Cerraba y abría los ojos en las curvas, pues sentía que indefectiblemente caerían a los barrancos y, si frenaban en seco, sus vísceras se le saldrían por las narices. Hasta que se fueron aproximando a la ciudad. Pensó: «Creo que ya estoy salvado de la muerte». De pronto, miró una construcción. Le preguntó a Orozco:

—¿Qué es eso?

—Una casa.

—¿Una casa? ¿No es una roca?

Orozco le dijo que era una casa de dos pisos. Se hacía con unos bloques medianos de color naranja llamados ladrillos y se unían con un pegamento llamado cemento, que cuando se secaba se ponía duro y los ladrillos no se caían. Se podía vivir en la primera y en la segunda planta.

—Yo creí que era una roca a la que hicieron huecos para poder entrar hasta el fondo.

—Falta poco para la ciudad. Verás muchas más. De dos, tres, hasta cuatro pisos. En las ciudades grandes, tocan las nubes.

Pangoa apareció de golpe, con sus calles de tierra abriéndose paso en una explanada. Construcciones a medio empezar o de nunca acabar alternaban con casuchas de madera resistentes a los diluvios y a la caca de los pájaros, y con las precarias tiendas de comerciantes habituados al olor macilento de los depósitos de cacao. Los perros callejeros convivían con los cebúes y soportaban el afán de las motos con carcasa moviéndose en todas direcciones. En Pangoa, a más gente, más ruido y no como en el cautiverio, en donde la lógica impuesta era la de a más gente, menos bulla.

Llegaron al paradero y Orozco le dijo: «Debes esperarme un rato, tengo que ir para ver mis tramperas, a lo mejor cae alguna presa para festejar tu escapada». Aquiles respondió que lo haría y lo vio partir. Primero se quedó inmóvil al lado de un poste, viendo el discurrir del gentío: tantísimos, de tantas ropas de colores, tanto grito, tanto andar. Sintió un mareo, estuvo por caer y se tomó del poste, abrazándolo. Era una visión rara la que daba. Tomado con resolución del tronco que sostenía en su parte más alta unos cables. Hasta que un olor atrajo la atención de su nariz. Era un caldo. Dejó el poste. Caminó hasta el puesto de donde provenía el olor. Se puso a mirar. El vendedor advirtió al intruso y le dijo:

—¿Qué miras tanto? ¿Te has hecho la vaca? ¡Anda al colegio!

Aquiles meneó la cabeza negativamente, sin comprender.

—Esto vale plata, chiquillo. ¿Traes plata?

—Traigo plata, señor —respondió Aquiles.

Abrió su morral y sacó uno de los billetes de cien soles que tenía envueltos dentro de una bolsa plástica. El vendedor miró el billete, lo revisó a contraluz, se fijó en la franja de platino. Volvió a mirar a Aquiles, meneó la cabeza de un lado hacia el otro y le dijo:

—Pucha madre, chiquillo. Esto no alcanza para el caldo... no importa. Te daré un plato, para que veas que soy buena gente. Seguro no te dijeron en tu pueblo que es poca cosa este billete.

Aquiles de nuevo dijo «no», con un gesto. El vendedor metió el cucharón dentro de la olla y sacó sopa, fideos y una pierna de gallina. Era un plato de caldo como nunca había probado en su vida. Aquiles estaba tan sorprendido por la dimensión del plato que se sintió un privilegiado, a pesar de que lo estaban estafando[54]. Pensó: «Qué riquísimo. Parezco el camarada José». Cuando acabó, le dio vergüenza pedir otra porción, y se marchó.

54 En los mercados del Perú, un plato de caldo de gallina, bastante popular, cuesta un promedio de diez a doce soles, en el peor de los casos, y en provincias, hasta menos. El precio fluctúa por el tamaño de la presa. En los lugares de mayor reputación no podría pasar de treintaicinco soles.

Estaba satisfecho y sorprendido por el privilegio de haber tomado un plato de sopa del tamaño reservado para esas fiestas que esperaba durante el año, o que estaba autorizada solo para los jefes. Volvió al poste, se paró a un lado, se apoyó. Orozco no reaparecía. Se asustó. Teóricamente, él era todavía un miembro del Partido Comunista, estaba en sus planillas, posiblemente identificado con un alias y, si lo atrapaban, existía una ley para juzgarlo, una norma que aplicarle, una celda donde reposar, un interrogatorio que responder.

Si alguien le preguntaba por su presencia en Pangoa, ¿comprenderían lo que era un arrasado, un desertor, un militante capitulado? Hasta que oyó un grito persistente, como el animador de una pelea de púgiles:

—¡Satipo! ¡Satipo! ¡Satipo! ¡Falta uno, falta uno, falta uno!

Recordó el nombre de la ciudad, pues cuando era un niño, antes del secuestro, lo llevaron para ver una fiesta de fuegos en el cielo. Observó el lugar de donde provenía el llamado y vio a un tipo. Era un llenador de carros. Aquiles caminó hacia él y supuso que necesitaría dinero. El llenador reiteró: «Falta uno, falta uno, nos vamos, nos vamos». Como Aquiles tenía dudas sobre el valor del otro billete de cien soles, lo sacó y el cobrador dijo:

—¡Carajo! ¿No tienes sencillo o monedas? Pareces un narco con tanta plata. Trae para acá, voy a cambiar.

El cobrador interactuó con un ambulante y volvió con varios billetes, monedas y se los entregó. Al poco rato, el carro se puso en marcha. La carretera entre Pangoa y Satipo era una vía afirmada de treintaicinco kilómetros que cruzaba, además, el distrito de Mazamari. El recorrido estaba plagado de controles militares y policiales que detenían los vehículos, les hacían preguntas a los choferes o hacían bajar a los pasajeros de civil. Para su suerte, Aquiles no era el único con ropa de alumno y no le pedirían documentos.

Al pasar por Mazamari, vio la llegada de un avión de carga al aeropuerto que operaban las Fuerzas Armadas. Se volvió a aterrorizar. Sintió que esa enorme bestia voladora podía caerle en la cabeza. Se sujetó nuevamente del pasamano.

El nombre de «Satipo» proviene del idioma asháninca «aisatipoki» que significa los que llegan. Con ese apelativo los nativos se referían a los colonos que, desde principios del siglo XX, fueron asentándose en el valle. Tenía unos treintaicinco mil habitantes; y viniendo desde el sur o del este, precisamente antes del puente sobre el río Negro, la primera construcción importante era una base militar, que, en realidad, fue una instalación diseñada para almacenar arroz y, ante la premura de la guerra, tuvo que ser adaptada para poder pelearla.

Allí funcionaba una tranquera que cerraba el paso a los vehículos que venían del sur de la provincia. Media docena de soldados controlaban el paso por turnos. La combi se detuvo y los soldados hicieron descender a los pasajeros y comenzaron a pedirles documentos. Miraban la fotografía de la libreta, la comparaban con el rostro del dueño y chequeaban con una relación escrita a máquina. Los otros dos escolares venían con su mamá y no se movieron. Uno de los soldados se asomó por la puerta. Aquiles reconoció el tipo de fusil que poseía y se dio cuenta de que no estaba con el seguro puesto y el selector marcaba la cadencia de tiro por tiro. Miró hacia adentro y preguntó si era alumno. Aquiles apenas respondió que sí, y en eso, la mujer intervino:

—Caramba, cachaco, ¿no ves que los chicos van al colegio?

El soldado no quiso hacerse problemas y les permitió permanecer en sus lugares. Siguieron su camino hasta llegar al mercado de Satipo. La sensación de estar suelto, sin formar, sin cargar, sin esconderse, era extraña. Enfundado en ese uniforme de escolar parecía no levantar sospecha entre los policías que andaban de un lado a otro. Tenía que apurarse. Las coartadas también tienen límites y a menos de un día de haber escapado, era bastante probable que estuviera clasificado como un terrorista, con un alias, una fotografía mal tomada y un puesto en el escalafón de sus enemigos.

***

El único recuerdo que Aquiles tenía de esa ciudad se remontaba a una edad indefinida de su infancia. Había ido acompañando a su padre en uno de sus viajes, llevando pieles y carne de monte a cambio de munición para escopeta y otros enseres. Era una jornada de fiesta, pues volaban por los aires llamas luminosas que estallaban su pólvora como dragones fugaces y él se tomaba de la pierna de su papá, entre divertido y temeroso.

Satipo era apenas un lunar en un país que parecía moribundo. Las calles amplias, sin asfaltar, la lluvia mañanera, el viento de los naranjales. Su padre le dijo: «Vamos a ver a mi hermana Victoria, en la avenida Aviación». Tomaron esa dirección, pero a medio camino, decidieron pasar por el mercado. Ya adentro alguien tocó su espalda. El pequeño Aquiles volteó y vio a Claudio, su hermano mayor[55]. Lo saludó en su idioma, con el apodo con el que lo conocían entre los suyos:

—Hola, Gordito, te he extrañado. No tengo con quién jugar a las libélulas.

Aquiles se emocionó al verlo. Le dio un abrazo y le explicó que estaba de paso por el mercado y que no olvidaba

55 Claudio García Paredez, hermano mayor de Aquiles, salió de su comunidad para trabajar en Satipo en 1990, antes del secuestro masivo, por eso no fue víctima del arrasamiento.

el juego de las libélulas. Fingían volar, parándose sobre los troncos cortados, agitando los brazos, imitando a esos insectos alados. Su hermano lo jaló disimuladamente a un lado y le mostró un plato con papas y huevos.

—Te manda mamá. Está a la vuelta. Dice que te vio andando. ¿No quieres hablar con mamá?

—Dile que no la quiero ver —respondió Aquiles.

Eran los inicios del profundo rencor hacia su madre, que se potenciaron en el cautiverio. Claudio no lo contrarió. Dejó el plato a un lado y lo tomó del brazo para decirle:

—Veo que eres un hombrecito, hermano.

—Aprendí a cazar con papá.

Su padre, Juan, reapareció en el pasadizo. Se fueron a la avenida Aviación a visitar a su tía, y como se quedaron unos días antes de regresar a su caserío, Aquiles no olvidó el lugar, en un pasaje cerca al edificio municipal. Ese día, con doce años de intermedio entre una visita y la otra, preguntó por la avenida y se puso a merodearla. Quedaba en donde terminaba la ciudad, y tuvo cuidado de no hacerse tan evidente.

Ahora Aquiles imaginaba a Román masticando su rabia: «Maldito arrasado, ya sabía, ya verás». Pensaba en Pangoa, en su comisaría. ¿Ya se habrían tirado encima? ¿Se escucharían las explosiones?[56] Una mujer se puso a observarlo. Aquiles trató de no sostenerle la mirada y comenzó a regresar por donde vino.

—Oye, ¿no te dije que me esperes en la otra esquina?

La mujer se dirigía a él.

56 Dos años después, gracias a la versión de un terrorista arrepentido, Aquiles supo que el ataque se frustró debido a su escape. Cuando las columnas de William y Dalton coincidieron, creyeron que Aquiles los delataría y retornaron al monte.

***

—¿No me escuchas? —volvió a decirle—. Te dije que me esperes en esa esquina, no en esta. Se te pasea el alma, Salomón.

Con las justas pudo balbucear: «Se equivocó, no soy Salomón» y se arrinconó, listo para dar la carrera. La mujer lo miró de más cerca:

—Discúlpame, amiguito. Te pareces a Salomón, el muchacho que me ayuda a cargar timbos con agua. Está demorando. ¿Quieres ganarte un almuerzo? Ayúdame con eso.

Aquiles accedió. Mientras iba sacando agua de un pozo, se animó a preguntarle por su tía. La mujer respondió que no sabía quién era su tía, sin embargo, a lo mejor le daban detalle en la municipalidad del distrito de Río Negro que, desde hacía unas semanas, había recibido a unos muchachos nativos. Se preparaban para dar exámenes y ser aceptados como miembros de los Sinchis de Mazamari, el cuerpo policial especializado en la lucha contraterrorista. Los Sinchis estaban en ese distrito desde la década de los años 60 y, a raíz de la guerra, comenzó a captar a nativos asháınincas y matsiguengas para combatir en las selvas.

Apenas terminó de llenar los bidones y de almorzar, fue hasta la municipalidad de Río Negro. Tocó una puerta verde y después de insistir salió un muchacho, nativo, con el cabello recortado al estilo de los morocos. Se miraron unos segundos y se saludaron en su lengua. El paisano le preguntó:

—¿De dónde viene, *shirapari*?

—De lejos. Estoy de paso. No tengo dónde quedarme.

Lo recibieron con alegría. Eran cinco muchachos de Puerto Ocopa, Puerto Prado y Atalaya. Estaban adaptados a la ciudad, no vestían *cushma*, sino jeans y poleras. Lo rellenaron de preguntas y él se dedicó a evadir su procedencia, diciendo que era del otro lado, del sur, por Limatambo, cerca de Villa Virgen, en la margen derecha del Apurímac; que tuvo que escaparse de la casa de unos colonos que se lo llevaron de niño. Por eso estaba buscando a sus padres.

—¿Y cómo se llama tu papá? A lo mejor lo conocemos.

—Juan García.

—Hay miles de Juanes Garcías. ¿Cuál es su otro apellido?

Aquiles se puso a pensar. No recordaba el segundo apellido de su padre.

—¿Cómo no vas a saber el nombre de tu papá?

Volvió a explicarles su historia del niño perdido con los colonos. Era difícil recordar, ¿no? Hablaron entre ellos, se reían, yo tengo un vecino, Juan García, en mi aldea, solo que tiene once años, no creo que sea tu papá, podría ser tu hijo, ¿sí? Y se reían y le daban cuerda, no te preocupes, iremos por la calle, preguntaremos a los paisanos, alguien debe saber, y mientras tanto, quédate si quieres. Tenemos espacio. Mañana por la mañana salimos a prepararnos, seremos policías, Sinchis, combatiremos a los terroristas conchesumadres. Aquiles abrió los ojos. Ellos se dieron cuenta: «¿No crees que los terroristas son unos con-cha-de-su-ma-dres?». «Sí, claro, unos concha-su-ma-dres». «Si agarraras a uno, ¿no le arrancarías las tripas?». «Sí, tripa por tripa, me-las-co-me-rí-a». «¿Les arrancarías el corazón?». «Sí, el corazón, el co-ra-zón». «Y su sangre me la tomaría en vasito descartable». Y se imaginaba abriéndole la barriga al loco Román, o al camarada Alipio y sacándoles los intestinos y extendiéndolos en un estadio o extirpándole el corazón palpitante, vivito y coleando del camarada Raúl. Pero, si tenía que sacárselos a Lucía, ¿cómo iba a hacer?

Esa fue la primera vez que comenzó a extrañarla.

Le dijeron: «Mañana cuando salgamos, te quedas mientras nos preparamos y te comes algo. Hay bastante lácteo, se prepara con agua y mueves la masita y hay panes y mantequilla. Viene gente al municipio, hacen papeles, cargan materiales, no les entendemos, andan ocupados».

Aquiles trató de indagar el valor del dinero, justo cuando le preguntaron qué iba a almorzar. Ellos venían para el almuerzo, después de las clases para ser un hijoeputa sinchi, un hombre de élite, un hombre capaz de comerse un cebú con su joroba, de destazar los árboles con un hacha. A Aquiles se le ocurrió decir:

—Yo sé cocinar.

—¿En serio, sabes cocinar?

—¡Vas a ser nuestro chef!

—¿Sabes cocinar varias cosas?

—Varias cosas.

—¿En dónde aprendiste a cocinar?

En vez de decirles cuando me llevaron los camaradas y fui un arrasado y después premilitante y militante, y luego fuerza de producción, fuerza local y parte de un pelotón y un avanzadilla experimentado y un lobo solitario…, aprendí a cocinar para no morir de hambre, les contó una versión renovada. «Cuando me llevaron los colonos, y vivía en un campo, aprendí a cocinar de los hacendados». No les dijo que comía monos maquisapas. Se pusieron de acuerdo, sacaron plata. Él también lo hizo: «Pareces narco, con tanta plata», le dijeron, y nuevamente comenzaron a reír.

Acordaron los montos que pondría cada uno para el menú del día siguiente, y se echaron a dormir. Le señalaron una cama y apagaron las luces. Aquiles puso su cabeza sobre una almohada, cerró los ojos y no soñó absolutamente nada. Su cuerpo, cansado, se rindió a la gratitud del colchón. Cuando se despertó, los amigos estaban por salir y la bulla lo hizo reaccionar. Se despidieron con palmadas, recordándole que se tomara el lácteo. Recién en ese momento se dio cuenta de que estuvo despierto todos esos años, las veinticuatro horas, de los siete días de las cincuenta y dos semanas, de los doce meses, de los otoños, inviernos, primaveras y veranos, ininterrumpidamente; intentando no morirse.

El Viejo Estado

Aquiles fue asentándose en el Viejo Estado. Así llamaban los senderistas a las ciudades. Se trataba de un concepto antiguo, enarbolado en los efervescentes inicios de Sendero. En marzo de 1983, Abimael Guzmán desarrolló la «línea de construcción del Nuevo Estado», en la cual planteaba los niveles en que se organiza el Nuevo Estado: Comités Populares, Bases de Apoyo y República Popular de Nueva Democracia.

En las alturas de Vizcatán, o en los parajes donde pudo asentarse con regularidad, el Partido mantenía vívido ese discurso: «El Viejo Estado está después de esos límites y el Nuevo Estado somos nosotros. Cuando se tome el poder, reemplazaremos ese Estado caduco, inservible; por la República Popular. Instalaremos el socialismo, para posteriormente ascender al comunismo».

Ahora Aquiles estaba convencido de lo contrario: el Viejo Estado era el Nuevo Estado. Ya más confiado, salía hasta la plaza de armas, recorría su cuadrilátero rodeado de palmeras, identificaba a los paisanos y se les acercaba, les preguntaba por un tal Juan García, por una tal Rosario. Un viernes, uno de los postulantes a los Sinchis de Mazamari le dijo:

—¿Quieres ir con nosotros? Hoy iremos a la discoteca.

—¿Qué es discoteca? —preguntó Aquiles.

—¿No sabes que es la discoteca?

—No.

—Es una fiesta a donde van muchas chicas bonitas.

—Ponen luces de colores. Venden cerveza.

—¡Ahhhhhhhhhh!

—Tú puedes invitarlas a bailar o una cerveza. ¡Toman cervezas las chicas bonitas!

—¡Ahhhhhhhhhh!

—No seas cojudo. ¿No quieres conocer una chica?

A lo mejor había chicas más bonitas que Lucía. ¿Dónde estaría ella? Seguro que caminando, como tonta, cargando como burro, seguro que violada por Raúl o por Alipio. Seguro formando, con el estómago refunfuñando. Seguro mojada con la lluvia. Seguro extrañándolo.

—Pronto iré. Cuando sane la herida de mi cuello. Si no las chicas creerán que soy un hombre malo, cortado.

—¡A las chicas les gustan los chicos malos!

—Por eso queremos ser unos hijoeputas.

—Por eso seremos ¡Sinchis! ¡Deberías ser un Sinchi, Aquiles!

—Sí, Aquiles, tienes pasta y eres fuerte y perseguirías a esos terroristas sanguinarios.

Aquiles oyó sus risas como las de unos niños grandes que no sabían en qué juego se estaban metiendo. La herida se estaba curando y el ardor cedía. Los días siguientes mantuvo la misma rutina: se levantaba, salía por las inmediaciones a preguntar por sus padres, pasaba por el mercado, compraba para el almuerzo, volvía al local y subía al segundo piso donde había una cocina. Esperaba que los muchachos retornaran, se bañaran, cenaran y volvieran alegremente a decir que matarían a siete de un puñete.

Aprendió a usar el tocacasete, la máquina de donde salía la música. Era fácil. Uno de los postulantes, Pichiquía —no lo llamaban por su nombre, sino por su localidad de origen— se lo mostró:

—Aprietas acá. Se abre la puertita, pones el casete con la cinta para abajo. Cierras la puertita y pulsas esa flecha: «Play». Cuando se acaba el lado «A», haces lo mismo, solo que lo volteas y pones el lado «B».

—¡No vayas a poner el lado «C», Aquiles! ¡No tiene! —le bromeaban.

Un lunes, a las dos semanas de haber llegado al local municipal, Aquiles decidió freír pescado. En el mercado, pasó por un puesto ambulante de casetes para comprarse uno de cumbias y toadas, y cocinar con música de fondo. De retorno, entró al edificio, subió al segundo piso, dejó el pescado listo para cortar, encendió el fogón y bajó para traer el tocacasete. Llegó al primer escalón, tomó la llave para abrir la puerta del alojamiento y sintió que lo estaban mirando. Si las miradas pudieran pesarse, aquella fácilmente sobrepasaba las piedras del universo.

Levantó la vista y se encontró con la mirada y su peso. Sintió, claramente, una especie de mareo, de revoloteo en la barriga. Parecía que un disparo le hubiera penetrado, certero, a la mitad del cuerpo.

Era el camarada Rogelio.

Otra vez, sintió que volvía a la República Popular del Miedo.

***

—¿Me estás siguiendo, mierda? —le dijo el camarada Rogelio.

Lo arrinconó con el cuerpo hacia una de las esquinas donde los transeúntes no podían observarlos. Sintió su aliento furioso. El movimiento fue repentino y no se dio cuenta de cuánto retrocedió. Su columna vertebral calzó exacta con la columna de una parte del edificio y comenzaron a forcejear. Aquiles trató de recordar a qué distancia estaba el cuchillo. Tenía que matarlo para poder librarse, solo que el cuchillo estaba en el lavadero, a varios metros.

De pronto se percató de que Rogelio no estaba armado, y le reclamaba lo mismo que él quería reclamarle:

—Creí que tú me estabas siguiendo, Rogelio.

—¿Cómo?

—Me he escapado, camarada.

—¿No estás en una misión, camarada Aquiles? ¿No me estás engañando? Te puedo matar. Mira que tengo cómo hacerlo.

—No. Estábamos yendo a atacar la comisaría de Pangoa y me escapé. Ya no quería estar en esa porquería.

Rogelio lo soltó. Quedó en silencio unos segundos y el peso de la mirada decayó hasta adquirir los niveles del viento. Le dio la mano:

—Te iba a matar.

—Yo también.

—Sí que eres valiente. Ya no te voy a decir camarada Aquiles. Serás Aquiles nada más.

Se dieron la mano. Comenzaron a reírse. Rogelio le contó que tuvo suerte: si hubiera tenido un machete también le habría metido un corte en la frente y, sea cual sea el resultado, hubiera salido corriendo para que no lo atrapara. Aquiles le confesó que estaba calculando dónde había dejado el cuchillo con el que iba a abrirle la panza y, también, correr. Rogelio estaba allí para proseguir con un engorroso trámite personal: aparecer en la nómina del país. Hasta ese momento, no estaba registrado y eso, en clandestinidad, podría ser una ventaja. En cambio, para el hombre libre en el que se había convertido, era un absoluto mal. Sin partida de nacimiento ni documento de identidad, no podía ni siquiera atenderse en una posta médica por un dolor de muelas. Casualmente, cuando se topó con Aquiles, estaba por recoger su partida de nacimiento. Para ese momento, Aquiles no sabía que existía en los registros nacionales. Lo único formal que él conocía sobre sí mismo es que todavía era un camarada capitulado, solo que nadie se enteraba todavía.

—¿Y dónde te estás quedando a dormir? —le preguntó Rogelio.

—En este local, con unos amigos.

Rogelio lo llevó donde su madre que fue rescatada junto con él. Fueron en una mototaxi hasta el otro extremo de la ciudad, cerca de un club llamado Laguna Blanca. Allí Aquiles contempló, extrañadísimo, a unos bañistas lanzándose a una piscina.

—Eso es demasiado loco —decía—. Si hay muchas de esas, entonces no debería haber ríos.

—Es para que no te lleve la corriente.

—¿Y hay peces? Sería más fácil pescarlos, ¿no? Hasta se podría nadar con ellos, ¿no?

—Vas a ver una cosa que se llama criaderos o piscigranjas. Meten a los pescaditos cuando son cachorros a una poza, cuando crecen los pasan a otras y, cuando llegan a estar grandes, pasan a la sartén.

La casa donde vivía Rogelio con su madre quedaba en un recodo de la carretera que desde la capital del distrito asciende a la sierra, paralela al río Perené. La casa era una propiedad sin acabados, de un piso, a la entrada de un plantío de tangelos, sin más resguardo que unos perros domesticados. La madre se llamaba Ángela. Tenía cicatrices físicas y morales del cautiverio que adornaba con flores en su cabello. Estaba sentada en la entrada, tratando de no hornearse viva, dándole de comer al mono, cuando la vieron. Rogelio se adelantó:

—Mamá, ¿te acuerdas de él?

Ángela se puso de pie, se le acercó, le tocó la cara, cerró los párpados. Le dijo:

—¡Cuánto has sufrido, Aquiles!

—¿Cómo sabe que me escapé, señora?

—Porque soy una bruja sin escoba. Está bien que hayas escapado. Esos malditos engañan a la gente y por las santas puras tienen a los ancianos pudriéndose en el monte.

Le invitó de comer. Le puso pan, café, camotes, carne asada y arroz.

Hablaron de varios temas y personas en común. Rogelio y Ángela le fueron adelantando las cosas sorpresivas que iría descubriendo con el paso de los días. Debía ir con cuidado. Rogelio le dio un ejemplo de cómo casi fallece de la forma más tonta. Probó un helado de lúcuma en una carreta y le gustó tanto que pidió otro, y otro y otro y otro hasta que no pudo pasar la saliva y la fiebre lo demolió. Tenía una faringitis, pero como su cuerpo todavía no se adaptaba a los nuevos microbios, el mal se multiplicaba a niveles astronómicos.

—Fueron los días más horribles. Ahora no puedo ni ver los helados. Cuando hace demasiado calor, tomo agua de cocona o jugo de naranja.

Debería ir despacio. Podía intentar buscar a su familia. Había demasiada gente y el mundo era un barril sin fondo. Rogelio le contó:

—Hay una forma de que los encuentres. Tengo unos amigos.

—No me vayas a llevar a donde la policía. Me pueden encarcelar.

—Eso no va a pasar, hay nuevas leyes que protegen a los que se arrepienten y no son cabecillas. Si se arrepienten Alpio, Raúl y José, no tendrán perdón.

—No lo sé.

—Trabajo con un agente del Ejército. Cuando quieras, me avisas, sin compromiso.

Sus argumentos no convencieron a Aquiles. Ahora que era un hombre libre, la sola idea de comprometerse con el antiguo rival, lo ponía en una cuerda floja. ¿Para qué? Volvió al local municipal con los postulantes.

No pasaron muchos días para que la realidad lo golpeara. Los resultados de los exámenes para la policía salieron publicados; tres de los paisanos irían a su nueva escuela en unas cuantas horas y los demás volverían a sus pueblos a continuar con su vida. Eso significaba que debía abandonar su alojamiento. Sin identidad, sin documentos, sin casa, sin familia y sin un cobre.

En esos días de angustia se cruzó un par de veces con Rogelio, que trabajaba en una tienda de abarrotes. Tenía una vida aparentemente normal. Si él colaboraba con el Ejército, ¿por qué no estaba encarcelado como le aseguraron los camaradas? Tenía que confiar. No quedaba de otra. Las horas se agotaban, pronto estaría en la calle, nuevamente iba a ser el lobo solitario, un condenado desde los nueve años de edad sin haberle hecho daño a nadie.

***

Marcelo era tan buen agente de inteligencia, que su esposa y sus hijos recién se enteraron de su profesión cuando fue asesinado en las inmediaciones de Carrizales, en 2015. Era un hombre de Estado. Para él, su trabajo, por más pequeño que fuera, permitía que el Estado exista. El Estado debía de continuar, perdurar, mejorar. Así que no era un simple agente, sino un analista, un individuo con una lealtad a prueba de ciclones y la intuición necesaria para entender qué era lo valioso y qué era desperdicio.

La experiencia le enseñó a ser legal, cuidadoso y a tener planes alternos hasta para ensartar el hilo en una aguja. Había sido varios hombres a la vez: comerciante itinerante, reportero radial, conductor de transporte de carga y hasta subprefecto. Cuando Aquiles lo conoció, por medio de

Rogelio, era un profesor de ciencias sociales en escuelas y universidades privadas.

—¿En serio te escapaste? —le preguntó a Aquiles la tarde que lo conoció en una juguería.

—No podía más, la vida era muy triste y una porquería. Ellos viven solo su pensamiento y caminan los cerros.

Marcelo no tomaba nota, solo iba fijando sus impresiones. Entendió que le serviría para los fines de la República. Primero tendría que limpiar todas esas capas de sufrimiento. La juguera abrió la tapa de la licuadora y añadió algarrobina. El líquido denso tomó otra coloración; Aquiles siguió relatando:

—Allá no conoces la ropa, usas buzo negro, azul o verde y botas de jebe, incluso antes las usábamos con cincuenta parches porque no podías comprarte otras, solo el Partido te compraba.

Marcelo comprobó que esa escasez se dio en el periodo previo a Feliciano y las mejoras logísticas aparecieron con la alianza de los Quispe Palomino y el narcotráfico. Un descuido del gobierno, pero él no estaba para criticarlo. Él era un agente del Estado, un soldado no deliberante, un glóbulo blanco.

La juguera puso los dos vasos sobre la mesa y sirvió los surtidos. Ellos cambiaron de tema hasta que los recipientes estuvieran llenos. Pronto, el ruido regresó y Aquiles pudo continuar:

—No puedes reclamar nada al Partido. Para estar con una chica tienes que pedir permiso al mando; si cometes un error, te hacen criticar en la noche.

Marcelo se dio cuenta de que, para Aquiles, hablar era una forma de venganza. De condenar al que lo dañó. Su lengua era su única herramienta de defensa. Lo fue siempre. Le señaló en la calle a dos muchachos, parados en la acera del frente. Conversaban entre ellos.

—¿Sabes quiénes son?

—Sí, uno es Joselo y al otro le decían el Sapo. Se llama Edwin —respondió Aquiles, mirándolos durante varios segundos.

Fue el último ítem de su lista de seguridad. Joselo y el Sapo habían logrado escapar, un par de años atrás, de distintas maneras y sectores. Conversaron un rato más, antes de irse a un lugar menos público. Marcelo había visto otros reencuentros entre exmilitantes o cuadros capitulados[57]. Era un intercambio de miradas peculiar, con enormes cantidades de información sensorial: cómo llegaste, tus cualidades personales, tu pelotón, tus amigos, tu mujer, tu padecimiento, tus razones. La reunión les sirvió a todos. A Marcelo para tomar lo que necesitaba y a Aquiles para reacomodarse.

—Tienes mi número. Si te animas en colaborar, vas a un teléfono público y me llamas, solo en estos horarios. Dices que eres el alumno que quiere clases particulares y te daré unas instrucciones. Quiero que sepas que no estás solo. A nadie le gustaría estar en tu lugar. Una vez que me llames vendrá a buscarte un señor llamado Ernesto, te llevará a una parte, fuera de Satipo. Buscaré a tu papá y te diré si está o no está vivo, y si es que está, por dónde puedes ubicarlo. Hay varias cosas por hacer, Aquiles. Has perdido años en la vida. Pronto los recuperarás, si deseas. Mi padre tenía un lema: «A la mierda, dijo Jesús, y se bajó de la cruz». No llorar sobre la leche derramada. Has sido un hombre de acción y ya pasó. Es tu turno de ser un «jefe».

Se despidieron y se dispersaron entre las calles que comenzaban a enfriarse por la proximidad de la lluvia. Caminó un poco, mojándose. Llegó al alojamiento. Los nuevos Sinchis terminaban de alistar sus mochilas.

—Hoy es nuestra despedida —le dijeron—. Vamos a la discoteca, vamos a celebrar.

---

57 Después se les conocería como los Brahmas.

Con los miedos más neutralizados, Aquiles los acompañó. Atolondrado por las luces, la estridencia de la música y las conversaciones a gritos sintió que el local giraba en torno a él.

—¿Qué te pasa? ¿Has tomado mucha cerveza? —le preguntó una muchacha.

Aquiles trató de tomar el control de sí mismo, o, como solía decir, de darle órdenes a su mente. Recién pudo fijarse en el rostro de la muchacha. Ella le dijo que se llamaba Yanina. Que era de Puerto de Yurinaki. Que tenía diecinueve. Que estudiaba cosmetología. Aquiles procesaba sus palabras a un ritmo más lento de lo que ella hablaba: nunca escuché ese nombre, no sé dónde diablos es Puerto de Yurinaki; no estaba ni en el sector uno, dos, tres, cuatro o cinco; no sé cuántos años tengo todavía, hasta que no encuentre a mi papá. Y menos sabía qué era la cosmetología. ¿Son los que estudian los planetas?

Yanina creyó que era un bromista. Pichiquía los vio conversando, se acercó y le comentó algo en el oído a la muchacha. Ella sonrió y le dijo:

—¡Entonces tú eras el chef!

Recordó a Lucía. Si hubieran escapado juntos quizás estarían los dos, mareados, en ese lugar extraterrestre. Le quedaba claro que mientras no fuera nadie, ni siquiera podía tener la tibieza de un cariño. Al día siguiente, fue a buscar a Rogelio a la tienda. Lo llamó a un lado. Le dijo:

—Voy a llamar a Marcelo, el que me presentaste.

—No me tienes que pedir permiso, Aquiles.

—No es por eso. Necesito que me enseñes a usar el teléfono.

VIII. Cuando nos volvamos a ver

Aquiles solo había visto los helicópteros de abajo hacia arriba. Eran una amenaza voladora y solía oír reiteradamente a los mandos hablar sobre la importancia de derribarlos. El camarada William era una leyenda debido a sus ataques a las aeronaves. También conocido como Guillermo, uno de sus ataques más sonados ocurrió en abril de 2012, cuando le atinó a un helicóptero Bell de la Policía. Allí cayó abatida la valiente capitán Nancy Flores, en la provincia de La Convención. Sin embargo, la leyenda no duró mucho. Medio año después, en las inmediaciones de Nuevo Horizonte, el camarada William fue acabado por ocho balazos de un comando policial de élite donde también estaba Jorge Quispe, el hijo del camarada José, a quien él mismo había formado.

Ahora, montado sobre esa máquina, al que los nativos llamaban toco-toco o en ocasiones cachi-cahi, Aquiles tenía una nueva perspectiva de la vida. Todo le excitaba y le causaba curiosidad: las máquinas con cuchillas giratorias de los aserraderos, las luces de neón, el olor de las comidas, las vueltas de locura de los pollos a la brasa, el equilibrio de los buses en la estrechez de la carretera.

Desde el aire, vio la pelambre verde de la tierra convertirse en un macizo pardo, con sus coronas de nieves como vigilantes, y más abajo, el reflejo de las calaminas de los pueblitos, como espejuelos, hasta que, en las proximidades de la capital del departamento, las estructuras en desorden se hacían más multicolores y recordó los cuentos del señor

Álvarez. Descendieron en un helipuerto y, al poco rato, llegaron a la sede del Ejército en Huancayo.

Los atendió el coronel Ramos Hume, quien había evaluado el testimonio de Aquiles. Sin duda, le sería valioso para identificar rutas, actividades y los paraderos de líderes recientes del Sendero Luminoso y su interacción con los narcotraficantes. Tampoco lo quiso presionar. Había visto varios casos similares y sabía que los niveles de estrés de los capitulados eran altísimos. Percibió, además, que la única motivación de Aquiles era reencontrarse con su familia. Sentir que pertenecía a algún núcleo. El coronel le dijo:

—Por ahora, te daremos un techo y comida. Veremos qué fue de tu familia.

Le asignaron dos agentes que debían conducirlo por la vida durante los primeros días. Huancayo es una ciudad de gente como hormigas, que no se detiene ni con las tormentas. Asentada sobre el ubérrimo valle del Mantaro, concentra la producción y espíritu de gran parte de la sierra central, que ha sido, por siglos, la despensa alimentaria de Lima. A Aquiles le costó adaptarse a su remolino. Los cláxones estridentes, el tráfico. Tuvo que aprender a cruzar las avenidas con semáforos; comprender que el verde era para avanzar, el rojo para detenerse y hacer análisis sobre el ámbar, para definir si servía para detenerse antes del rojo o para acelerar y ganarle la competencia al verde.

Fue en esa ciudad donde conoció el cine. Los agentes le habían explicado que se trataba de una especie de televisor más grande de los que conocía, con butacas al frente. Debía entrar, sentarse, esperar a que se apagaran las luces y ver la proyección. Aquella primera vez fue para su mal. Guiado por la vistosidad de los paneles y sin saber leer, entró a una sala donde daban una película de terror y no terminó de verla; quedó atolondrado por los gritos de los muertos vivientes, los demonios sueltos en la pantalla y las niñas de los asientos contiguos. No llegaba a entender por qué la gente tenía que asustarse, y confesó que nunca más iría al cine, hasta que le explicaron que había otro tipo de películas, menos salvajes. El coronel les llamó la atención a los agentes:

—Para la próxima vez, ustedes mismos me lo llevan a ver *Buscando a Nemo.*

Un día, Marcelo reapareció con su pulcritud acostumbrada. Lo saludó con una sonrisa seca, juntando los labios:

—Te tengo noticias, Aquiles. Toma un bus, vuelve a Satipo. Hay un lugar llamado Boca Satipo, más allá de Mazamari, como quien se va a Puerto Ocopa. Hay un Juan García en ese pueblo. De todos los Juanes Garcías que buscamos en la provincia es el que se aproxima mejor a la descripción de tu padre. Ojalá sea él, porque si no es él, no será ningún otro.

***

Donde se unen el río Satipo y el río Pangoa queda la comunidad de Boca Satipo. Se llama así porque es el fin de ese laberíntico río que atraviesa toda la provincia, y va a dar origen al río Tambo. Un enorme puente cruza el nuevo cauce y la carretera cambia de ribera. Es casi como la mayoría, una comunidad pequeña. Aquiles llegó en una combi y descendió sobre la única vereda. En la primera casita, vio a una mujer lavando ropa en un caño comunal. Se miraron. Aquiles le preguntó:

—Señora, por favor, ¿acá vive el señor Juan García?

—Sí vive. Está en su chacra, por arriba. ¿Para qué lo buscas? ¿Quién eres?

—Soy Aquiles, su hijo.

—¿Usted quién es? ¿Cómo te llamas?

—Sí, su hijo. Aquiles.

—No puede ser. Aquiles murió hace muchos años.

—Sí, yo también creía que iba a morir. Pero estoy aquí. Me decían el Gordito.

La mujer se puso de pie, dejó el caño abierto remojando la ropa. Se fue acercando mientras lo seguía cuestionando: «¿En verdad eres tú, diosito lindo?». Aquiles no lo sabía, esa mujer era su tía. Paulatinamente, otras personas salieron de su rutina. «Ahhh. Tú eras de acá y te llevaron los camaradas», decían unos y otros: «Sí, los camaradas, los tíos, los cumpas le llevaron, arriba, al monte». «Sí, me llevaron. Ahorita estoy volviendo», le respondía Aquiles a cada uno. «Ahhhhh… entonces yo sería tu hermana, ¿no, Gordito, Aquiles?», le decía una joven; y otro muchacho: «Ahhhhh, yo soy tu primo, entonces. Tu primo, tu primo». Cuando se dio cuenta, una docena de personas lo rodeaban, tratando de convencerse de que no se trataba de uno de esos fantasmas selváticos que pululan de facto por las poblaciones.

—En serio, no he muerto. ¿No me ve?

La mujer cayó de rodillas. Se abrazó a sus piernas. Comenzó a hablar en idioma nativo a los demás:

—¡Estaba muerto! ¡Ahora está vivo! ¡Soy tu tía! ¡Mi lindo Gordito Aquiles! ¡No te fuiste, te llevaron, no te moriste, no te mataron!

Decidieron ir a la casa de su padre; en la parte alta, en una chacra. Aquiles encabezaba la pequeña comitiva. Las voces sobre su reaparición corrían a la velocidad del río, y tocó los poblados diseminados entre Ontario y Puerto Ocopa. Nadie tiene un familiar que regresa de la muerte. La muerte no suelta así no más a sus presas.

Lo vio a la distancia. Juan García estaba echado, con la panza para arriba. Miraba el cielo, como si fuera un cadáver a la espera de una ascensión. Un batallón de hormigas montaba guardia en las inmediaciones. Juan García movió los ojos. Los vio venir desde lejos, sin inmutarse. Cuando lo alcanzaron y se detuvieron frente a su casa, se fijó en todos menos en Aquiles. Le preguntó a su hermana:

—¿Qué hacen acá? ¿Hay fiesta, hermana? ¿Para qué han subido? ¿Qué hacen?

—¡Mira quién ha venido, Juan! —le respondió su hermana.

—Papá, soy Aquiles, tu hijo que se perdió un día porque me llevaron los camaradas.

—¡Qué! ¡No! Eres Gordito. ¿Qué? ¡Aquiles! ¡Gordito!

Su papá lo miró. Se puso de pie. Lo escudriñó con detenimiento. Se asustó terriblemente. Creyó que le estaban presentando un alma.

—¿Has revivido, hijito? —le preguntó.

Se pusieron a llorar, los dos, con sus cabezas juntas.

—Creí que estabas muerto, hijito. Pensé: los terroristas lo han matado a mi hijito, al Gordito. Pensé: no te volvería a ver. Mi Gordito, no eres espíritu.

—No llores, papá. Soy Aquiles.

—¡Yo pensé que estabas muerto! ¿Y ahora estás vivo? ¿Ahora qué vamos a hacer?

—Vamos a vivir, pues, papá.

Quisieron hablar de tantas cosas, que no sabían en qué orden comenzar. Si cronológicamente, por la traición de mamá, por la llegada de los camaradas, por la muerte de Pablo Lindo, por las hambrientas jornadas donde fingió ser un camarada o por el orden del dolor.

Juan, su viejo, le entregó las piezas del rompecabezas que le faltaban[58]. Supo que su cumpleaños era el 24 de febrero, que había nacido en la orilla del río Satipo. Que era un niño curioso y activo, que debían echarle la vista, si no, podía irse donde las culebras. Que sonreía no más, porque tenía la risa puesta en la cara. Que aprendió a cazar majaz mirando al abuelo. Que cuando se llevaron a la familia, él

58 Aquiles dijo: «Parecía que había nacido de vuelta. Mis parientes pensaban que yo era un fantasma».

fue a buscarlos, con una pobre escopeta, y recorrió varios caminos y se topó con una montaña de cadáveres en San Miguel y los buscó entre los muertos. Que tiempo después apareció Nelly, su hermana, y que ella no supo explicar qué había sido de Aquiles.

Aquiles también se enteró de que no tenía partida de nacimiento sino de defunción. Su padre lo había inscrito, bastante tiempo atrás, en la nómina oficial de los muertos en el país. Permaneció en Boca Satipo alrededor de tres semanas. Luego, le tocaba ser un ciudadano. Era extraño hacer el trámite. Ir al registro de la municipalidad y explicar que no se trataba de una inscripción. No entenderse con el funcionario. «Porque para tener su documento de identidad se necesita la partida de nacimiento. Y resulta que usted tiene partida de defunción. Y la partida de nacimiento está archivada en un depósito de pasivos que nadie conoce. Disculpe que se lo diga, pero para la ciencia jurídica no existe la resurrección. Debían ver dónde estaban esos pasivos, sacarlos de sus cajas, espantar a los ratones, arrancharle los papeles, leer miles de nombres y hallarlo entre los muertos. Podía pasar otra vida hasta que encuentren el documento que dice que un 24 de febrero nació Aquiles en una comunidad». «¿Y si nos cree, señor funcionario? Tenga consideración. Si usted mismo no sabe dónde está ese papel suelto donde dice que Aquiles nació, imagínese nosotros. Recuerde que hubo una guerra, que la gente se perdió en los montes, se ahogó en ríos, fue cercenada, matada, aplastada, volada».

Desde los confines de los valles aledaños fueron a conocerlo. Llegaron los familiares y los amigos de los familiares y los curiosos. Solo los primeros tuvieron en claro que era el hijo de Juan García. O sea, el hermano, medio hermano, hermanastro o primo hermano. Los de los días siguientes, iban a ver a un reaparecido, a un héroe de los valles. No sabían si hacerle una fiesta de bienvenida, una ceremonia o una misa. Él mismo era varias cosas tangibles e intangibles; era todo y nada a la vez.

***

—Era más flaco, corría duro. Era pura fibra —le dijo Marcelo, después de contarle que ahora pasaba la mayor cantidad de tiempo en las oficinas.

Se habían sentado en un pequeño local por Garibaldi, donde había tanto ruido que solo ellos podían escuchar su conversación. Afuera llovía. Los truenos apuraban a los transeúntes.

—Yo también corría duro. Cuando me escapé, mucho más —le contó Aquiles.

—Yo parecía un coyote. Como el futbolista. Coyote Rivera.

—Yo parecía todos los animales a la vez.

Marcelo sonrió. Sirvió los vasos de Coca-Cola mientras esperaba el almuerzo. Aquiles había cumplido con su palabra. Gracias a sus revelaciones, se pudo hacer nuevos organigramas de la estructura terrorista, el orden de precedencia entre los mandos, la magnitud de los campamentos y entender cómo las columnas se percataban de la presencia del Ejército o de los infantes de Marina. Aquiles se basaba en su propia experiencia como avanzadilla. El desorden de la hierba, los restos del plátano, la huella mal puesta.

—¿Y cómo te sientes ahora que eres libre? —le preguntó Marcelo

—Bien no más.

—«Bien no más».

En ciertos lugares del Perú, los pueblerinos suelen responder con esa frase ante la pregunta de cómo están. «No más» parece una categoría, que no alcanza a lo superlativo.

Es una suficiencia. La calificación del alumno que saca las notas para pasar de año académico. Marcelo lo entendió así.

—¿Y ahora qué vas a hacer, Aquiles? Ya tienes documentos, ya encontraste a tu papá. ¿Qué te toca?

—No lo sé. He pensado en trabajar.

—¿En dónde?

—No lo sé.

—¿Por qué no entras al Ejército? Digo, formalmente. Sé que estás apoyando a los coroneles y ellos también a ti. Así, como amigo, te digo que ingreses al Ejército y hagas una vida.

—Otra vez voy a caminar como loco.

—Es que es diferente, Aquiles.

—¿Por qué diferente?

—¿Sabes por qué soy agente? Yo de niño siempre quise ser un héroe. Leía revistas de héroes y los que me llamaron más la atención eran los silenciosos. Los que pueden pasar barreras sin ser vistos. Como el hombre invisible. Quería ser el hombre invisible. Y lo soy. He peleado en muchas partes: fronteras, zonas de emergencia. Y por mis ojos es que el Ejército mira para dónde va. Si no, morirían los soldados. Por eso, soy un hombre de Estado. No vayas a entrar a servir por venganza. No funciona así. Funciona porque es una razón de ser. Nada más.

Desde que había escapado, Aquiles se sentía un hombre incompleto. El miedo había sido una forma de vida y, ahora que ya no lo tenía, sentía un vacío. El problema de no volver a sentir miedo era el vacío que le quedó en los huesos. No entendía la forma de rellenarlos. El miedo, en el Nuevo Estado, era una forma de vida. Era el gobierno, era el impuesto, era la filosofía, el credo, el arma, el escudo, el alimento. Había miedo de pensar, de tomar una única y última decisión, de dar el paso siguiente, de enamorarse de la mujer equivocada, de explayarse en argumentos que podrían terminar en muerte, de sentir pena. Había miedo al miedo. Miedo a la cuerda, miedo a tomarse el cuello. Ahora que no tenía miedo, no sabía qué hacer.

Y para que el vacío se haga más profundo, estaba el peso de la conciencia: Lucía. Era la única voz de mujer que acariciaba su lóbulo, y sin miedos y sin su voz, un pedazo de su vida estaba en esa valla de la muerte donde convivieron. ¿Podía ir por ella? Ahora era una loba solitaria, mucho más solitaria, sin él.

Era la persona que se ganó su amor y se había quedado a vivir en el infierno.

—¿Y qué dices? ¿Quieres ser un soldado como yo? —le preguntó Marcelo.

Aquiles le dijo que lo pensaría, aunque de verdad su decisión estaba tomada. Había escampado cuando terminaron de almorzar. Se dieron la mano y él rápidamente desapareció entre los puestos de periódico y golosinas.

Supo de Marcelo varios años después: había logrado infiltrarse como maestro de escuela en Carrizales y, a pesar de su buen camuflaje, fue reconocido y vendido a los camaradas, en uno de esos complots en los que se empeñan en coincidir todos los ángulos de la mala suerte. Parecía un día cualquiera. Marcelo se levantó temprano, se acicaló a medias y fue a la escuela de Carrizales. Los alumnos estaban llegando todavía y conversaban alrededor del patio, cuando aparecieron ocho hombres armados y se lo llevaron, antes del izamiento de la bandera. No venían con la clemencia de pegarle un tiro, sino con ganas de trozarlo. Fue despedazado y luego lo dejaron en la playa de un río.

Unos soldados de élite lograron recuperar su cadáver y los peritos reconstruyeron su suplicio. La viuda se enteró de la identidad del padre de sus dos hijos cuando unos funcionarios aparecieron por su casa y le dieron el pésame y la lista de sus beneficios por ser un héroe de la patria. Sus exequias debían realizarse con un toque de silencio en señal de los caídos en combate, y eso, secretamente, le daba la esperanza a la esposa de que se trataba de un error, de que estaban enterrando a un impostor o era una de esas bromas pesadas que se transmiten por televisión.

Aquiles regresó donde el coronel Ramos Hume y le contó su decisión.

—A veces hay gente que ha nacido para combatir. Así nos mandó Dios al mundo. Pero antes estaba ubicado en la parte equivocada. No porque quisiera, sino porque caí por allí. Voy a seguir combatiendo.

No le mencionó a Lucía, y de allí en adelante, el secreto lo llevó consigo. Nadie como el lobo solitario para guardar secretos.

Aquiles reapareció en Jauja. Aprovechó para educarse, ingresó a los programas nocturnos de capacitación para soldados conscriptos. Aprendió a leer, escribir, numerar. Pronto sería incorporado a las patrullas que combatirían en el valle de los ríos Apurímac, Ene y Mantaro, el VRAEM. Por su naturaleza, tenía el mismo puesto que en el Militarizado Partido Comunista de los Quispe Palomino: avanzadilla. En el lenguaje de los soldados, hombre en punta. La misma posición para morir.

Lo incorporaron a los Natalios del 324; ese batallón del Ejército al que los pelotones senderistas se habían enfrentado innumerables veces. Volvió a la rutina de andar mojado, de caminar por esas selvas que él conocía como las calles de una urbanización, de dormir sobre una piedra. Solo que ahora tenía un lugar al cual volver. Por lo pronto, al cuartel de los Natalios, en Satipo. Para los otros soldados Aquiles era un sabelotodo. Detector de minas y olores, tirador selecto, experto meteorológico, visor nocturno, maniático de la disciplina de huellas, intérprete del humor de la naturaleza y traductor de aves. Podía predecir si el caudal de un río iba a aumentar o decrecer, si un fruto era venenoso o si una hierba curaba.

A veces, en esos recorridos, recordaba su vida anterior, en la República Popular del Miedo, en aquel Nuevo Estado, donde cualquier tiempo malo sería un recuerdo, un esfuerzo del proletario y las masas por un horizonte mejor, y cuyos resultados positivos vio postergados durante más de una década. Ahora, en cambio, la sensación era diferente. Sabía que al terminar de mojarse, de embarrarse, de sentir la quemazón en los músculos, volvería a un lugar seguro. A veces, iba visitar a su viejo para comer fruta de la chacra y beber café y pensar en Lucía, que ojalá estuviera bien, a quien algún día él mismo rescataría. Podría reírse sin que alguien lo objetara, dedicarse a pensar sin sentirse un sospechoso de traición. Las pesadillas también habían amainado. Por las noches dormía de largo, apenas los imaginarias ordenaban acostarse o cuando la corneta tocaba silencio. Al principio, le fue difícil. Al igual que cuando un náufrago es rescatado de alta mar, un cautivo puesto en libertad debe ser administrado con ciertas reservas. Soltarle el resorte por partes, darle el alimento con un gotero. La cantidad de imágenes que recibe son equivalentes a vaciar un *container* dentro de un estómago.

Solo le quedaba por saber qué había sido de Rosario, su madre. Le jodía más cuando salía por la calle y le decían: «Aquiles, ¿te vas donde tu viejita». Y él se quedaba callado.

Tenía que curarse, solo que no sabía cómo. Si ella no hubiera partido, se hubiera quedado, no hubiera sido culo flojo, si el maderero no hubiera venido. ¿Y si también terminaba con los rojos? ¿Si se hacía mujer de otro, como la tía Lola? ¿Si la enterraban viva como a sus primitos Nelly y Maruja? ¿Si un mando la sometía? Hasta que una de esas tardes soñó con Pablo Lindo por última vez. Parecía de día. Él creyó que estaba despierto porque sentía claramente el olor de unas yerbas que se quemaban cerca y fue de esa humareda de la cual salió su abuelo, con una de sus escopetas al hombro, se sentó cerca y le dijo:

—Debes perdonar, Aquiles.

—¿Y cómo?

—Quítate los zapatos, deja que tus pies saboreen la tierra. Sácate la ropa de ciudad y ponte una *cushma*. Zambúllete en el río. El agua te irá limpiando. Se lleva los dolores, los arrastra lejos, a la orilla de los mares donde desembocan y se convierten en arena. Ya no vuelven con la lluvia y tampoco pueden retornar por el cauce que se los llevó, porque los dolores no pueden navegar a contracorriente.

Cuando despertó, sintió que el enorme peso había resbalado de su espalda.

Decidió buscarla. Recorrió las poblaciones entre Mazamari, Satipo, Pichanaki y San Ramón, dejó papeles: *Mamá Rosario Paredez. Soy Aquiles, tu hijo que te para buscando. Si te llega este papel, llama al número y contestaré yo mismo.* Pasaba por tiendas, chacras, aserraderos, bares, esquinas y contaba su historia. La noticia más cercana se la dio un dirigente nativo, llamado Charete. Solía venir desde Chichireni a hacer trámites con el gobierno y, de paso, a emborracharse en las cantinas. Un paisano le dijo:

—Él sabe todo.

Aquiles se le acercó, le quiso dar a conocer su relato. Charete se le adelantó:

—Vive en Alto San Pascual.

No le dio más detalles. Probablemente, sabía que se trataba de Aquiles porque este recorrió, cada semana, durante casi un año, dejando el papelito *Mamá Rosario Paredez. Soy Aquiles, tu hijo que te para buscando. Si te llega este papel, llama al número y contestaré yo mismo.* Su pequeña campaña comenzaba a dar sus frutos. Los papelitos no siempre terminaban en un tacho de basura. A veces, cuando llegaba a un lugar, la gente ya sabía que era el que buscaba a Rosario Paredez, que si llamaba a ese número iba a contestar él mismo. Por eso, la revelación de Charete de que ella estaba en Alto San Pascual le demostró que su persistencia había dado resultados. Decidió que iría después de la nueva incursión sobre unos campamentos identificados en la selva, donde se mantenía a una masa cautiva al mando de una tal camarada Lucía. Aquiles sabía de quién se trataba. Explicarlo podría hacer que desconfiasen de él y prefirió el silencio. Dejaría que las cosas siguieran su rumbo. ¿Debería darle una seña de que iban por ella? No quería o no debía mentir. Solo esperaba que no fuera justamente él quien debiera dispararle. Prefería la paradoja de que fuera ella la que lo ultime.

Faltaban unos cuantos días para partir. Se esperaba un mejor clima para los vuelos de helicóptero. Aquiles decidió dar un paseo. Tenía curiosidad porque había visto un local donde había una pecera y estaba intrigado por la forma en que los peces paseaban en el agua sin aburrirse y sin tragarse entre ellos, como si tuvieran amistad. Caminó hacia el centro de Satipo y justo cuando estaba pasando la plaza, sonó su teléfono. ¿Y ahora quién será? A lo mejor los tenientes dicen que volvamos y va a comenzar la operación y tendré que enfrentar a Lucía. Mierda. Presionó el botón verde del pequeño Nokia. Contestó. Del otro lado, oyó la voz de una mujer:

—¿Aló? ¿Hijo?

Aquiles pensó que se trataba de una llamada a un número equivocado. Pero no colgó.

—¿Quién es? ¿Con quién quiere hablar?

—Yo soy tu mamá, Aquiles.

—¿Mamá? ¿Rosario?

—Sí, soy yo.

—¿Dónde estás, mamá?

—Estoy en la entrada del hospital Arakaki.

Le dijo que lo esperara. Desde la plaza principal hasta el hospital Arakaki había cinco cuadras. Decidió caminar. Se arrepintió de haberle dicho «mamá». No podía recordar su rostro. Hizo uno de esos esfuerzos mentales a los que cstaba acostumbrado para definirla, pero su memoria tenía una bruma impasable. Llegó y había un gentío. Mujeres rodeadas de hijos. Se preguntó cuál sería. Tomó su teléfono y marcó el número.

—Señora, ya estoy acá.

Rosario levantó el brazo. Estaba en la acera cruzando la pista, acompañada de unas muchachas. Aquiles cruzó la pista. Rosario le dijo:

—Has crecido.

—Claro, pues. Cómo no voy a haber crecido. Tantos años que no te veo.

Se separaron de las muchachas y caminaron hasta una bodega. Aquiles pidió una bebida. Se miraban sin hablar. Ninguno de los dos sabía cómo actuar. Rosario bebió un sorbo para poder romper el iceberg.

—Ellas son tus hermanas, Aquiles.

—Sí, me di cuenta. No me atreví a saludarlas.

—No saben que eres su hermano. No sé cómo decírselo. Estoy muy enferma. No sé qué tengo. Creo que moriré pronto.

Aquiles le miró los ojos tardíos, decolorados por las penas, por la fe perdida, por los remordimientos. Parecía un árbol talado. Sin hojas, sin movilidad, con las raíces en desorden, a medio enterrar.

—Te ayudaré —le dijo Aquiles.

Fueron al cuartel de los Natalios y Aquiles buscó al técnico enfermero. Le explicó que se trataba de su madre y si se la podía curar. Mientras la auscultaban, Aquiles se dio cuenta de que no sentía nada por ella. El rencor parecía haberlo neutralizado.

Fue donde su padre y le contó lo sucedido. Juan García la había olvidado. Fue haciéndolo por pedazos, en realidad. Primero se olvidó de la tibieza de las noches, de su sexo juvenil, de la virtud de sus senos, de su aliento. Después fue la mamá de sus hijos y cuando se le perdieron los hijos, un animal de monte. Finalmente, no daba ni para las cenizas. Se habían cruzado dos o tres veces, en alguna festividad, sin hablarse, ni siquiera de los hijos en común. Juan apenas le dijo:

—La mamá es la mamá, hijo Aquiles. Bastante hizo con parirte. Lo mío es otro asunto. Cosa mía, nada más.

Aquiles intentó forzar su amor. La llamaba a diario. Ella también dejaba Alto San Pascual para visitarlo y llevarle fruta. Su actitud levantó las sospechas del maderero; el marido que se la llevó después de verla en una fiesta. Comenzó a celarla y la amenazó con que si se enteraba de que tenía un amante, le pasaría el machete por la zorra. Rosario le dijo la verdad sobre su reencuentro con el hijo. No le creyó: «¿Qué tanto te llama? ¿Tú crees que soy bobo? ¿Te voy a creer que es tu hijo? ¡Ese es tu querido!».

Una tarde, Aquiles le marcó a su madre y ella le pidió que, por favor, no la volviera a llamar. Pero luego se arrepintió y se comunicó con él. Le explicó las sospechas que había levantado y que se sentía extraña, pues su hijo se estaba convirtiendo en su amante y el maderero tendría una justificación para abandonarla o matarla. En las reglas comunitarias, eso no sería un problema.

Aquiles decidió arreglar el malentendido y enrumbó a Alto San Pascual. No era muy lejos. Entre Marankiari y Mazamari debía tomar un desvío hacia el este y desde allí subir una cuesta. Era una aldea pequeña, de pocos forasteros y, por eso, todavía no había llegado cuando avisaron que se aproximaba y el maderero se asustó. El susto era doble: porque era un soldado y, además, un excamarada. Aquiles buscó al maderero y le dijo:

—Yo llamo a mi madre cuando quiero porque es mi madre. A la siguiente que me la trates como cualquiera, vengo y te saco la mugre. Encima que te la llevaste y me dejaste huérfano…

—Discúlpame, Aquiles. Es que como no te conocía…

—Yo soy su hijo.

Vio al maderero temblando de miedo. A su madre detrás de una ventana. Supo que ya la había perdonado.

IX. El peso de las historias

«Diles lo que sabes.
Diles lo que no sabes.
Solo entonces diles lo que piensas».

Colin Powell

Por la tarde, debía ver a Aquiles. Había transcurrido tiempo desde nuestra última conversación. Era la primera vez que lo vería desde que le dieron de alta en el Hospital Militar. Aquiles andaba con una muleta y un dolor lumbar que no lo dejaba dormir. Debía hacer terapia y, dos veces por semana, subir a un microbús. Caminar varias calles hasta llegar al hospital. Quería reincorporarse al servicio en el Ejército. La invalidez comenzaba a rondarlo.

Me duele, me decía por mensajes.

A pesar de sus esfuerzos, una bala estaba por derrotar a Aquiles. Era extraño: se había salvado de ser ahorcado, acuchillado, degollado, ahogado, fusilado, macheteado y, finalmente, un solo proyectil lo tenía anulado. Con el pasar de los días me fui dando cuenta de que, en algún momento, estuvimos muy cerca uno del otro, en equipos rivales. Si nos hubiéramos encontrado, posiblemente ahora uno de los dos estaría muerto.

***

Con una muleta, Aquiles discurre por la ciudad sin que nadie sepa quién es. Un arrasado, un secuestrado, un camarada, un capitulado, un huérfano, un difunto, un suboficial.

—Sube, sube —le dice el cobrador del microbús.

Una mujer lo ve con la muleta y le cede el asiento. «Sí puedo», dice impulsado por su orgullo de excaminante. Él no se siente un héroe. Cree que es una vaina, pues en realidad, con esto de la burocracia y la globalización, los héroes y hasta los santos deben presentar pruebas de su heroísmo o de sus milagros. Dirigir a la autoridad un oficio en papel A-4, remitir las pruebas, validarlas. Decir que esquivaste las balas, decir que curaste un cáncer. Sentarte con el especialista jurídico. Bórrale esto. Añádele el otro. Ajusta aquí. Argumenta acá. Llevar el relato a una mesa de partes, recibir el cargo firmado y esperar por un veredicto que diga que sí, que tienes los cojones bien puestos, eres un héroe, mereces el cielo.

En fin, los héroes y los santos son un mero trámite administrativo; a no ser que sean hijos divinos del fervor popular. Como Aquiles fue herido en una selva donde la soledad está instalada a perpetuidad, en vez de ser un héroe, será un hombre al que sus vecinos llamarán el chico de la muleta o el que viene pasando la esquina.

Recibe un mensaje. Es mío. Le pregunto si ya está en camino. Aquiles responde que sí, que falta poco.

Cada dos días se presenta al hospital donde hace su terapia. Unas veces el dolor da un paso más y, otras veces, retrocede. Por momentos se pone más pesado, le punza la cadera, lo llena de malas intenciones y maldice la hora en que lo designaron para esa misión donde la balacera acabó con el camarada Basilio. Ha aceptado convivir con el dolor. En el fondo, son viejos amigos.

Así que lo acepta como a ese pariente al que debes abrirle la puerta y darle cobijo, pues irremediablemente tienen lazos consanguíneos y no tendría el atrevimiento de dejarlo a la intemperie, pudriéndose, con la gente diciéndote «qué desconsiderado, patán». A veces, cuando se pasa de la raya y lo pone en la esquina de la parálisis, le dice que se deje de cosas, que no lo apriete, que si lo hace morir en dónde se va a quedar, en qué cuerpo lo van a aguantar, así como lo aguanta él, qué te has creído, no seas confianzudo, pues, dolor.

—Baja, baja. Baja en la esquina. Cuidado, tiene muleta, suave, suave —vuelve a decir el cobrador del bus.

El conductor observa con el rabillo del ojo hasta que Aquiles y la muleta tocan tierra. Se detiene en una esquina y los transeúntes pasan a su lado: no saben que es un arrasado, un secuestrado, un camarada, un capitulado, un huérfano, un difunto, un suboficial. Mientras me espera, apoya la muleta sobre la avenida. Mira la vida de la ciudad en una esquina cualquiera de la metrópoli, agolpada de necesidades y tragedias que se atan y desatan. Es en esa esquina donde lo vuelvo a ver.

Reconozco la pose de un veterano. Es el cuerpo cuajado. Aquiles sabe que, a pesar de todo lo que ha perdido, ha logrado ser un hombre libre. A lo mejor, otra versión de un lobo solitario, pero por lo menos ya no tiene miedo.

El pasado es un océano por donde no volverá a navegar.

Índice

Este libro se terminó
de imprimir en
Fuenlabrada, Madrid,
en el mes de
noviembre de 2022

«Para viajar lejos no hay mejor nave que un libro».

EMILY DICKINSON

Gracias por tu lectura de este libro.

En **penguinlibros.club** encontrarás las mejores recomendaciones de lectura.

Únete a nuestra comunidad y viaja con nosotros.

penguinlibros.club

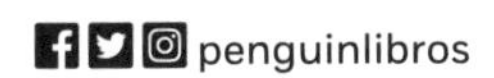

MAPA DE LAS LENGUAS UN MAPA SIN FRONTERAS 2022

ALFAGUARA / ESPAÑA
Feria
Ana Iris Simón

ALFAGUARA / URUGUAY
Las cenizas del Cóndor
Fernando Butazzoni

LITERATURA RANDOM HOUSE / ESPAÑA
Los años extraordinarios
Rodrigo Cortés

ALFAGUARA / PERÚ
El Espía del Inca
Rafael Dumett

LITERATURA RANDOM HOUSE / MÉXICO
El libro de Aisha
Sylvia Aguilar Zéleny

ALFAGUARA / CHILE
Pelusa Baby
Constanza Gutiérrez

LITERATURA RANDOM HOUSE / ARGENTINA
La estirpe
Carla Maliandi

ALFAGUARA / MÉXICO
Niebla ardiente
Laura Baeza

LITERATURA RANDOM HOUSE / URUGUAY
El resto del mundo rima
Carolina Bello

ALFAGUARA / COLOMBIA
Zoológico humano
Ricardo Silva Romero

ALFAGUARA / ARGENTINA
La jaula de los onas
Carlos Gamerro

LITERATURA RANDOM HOUSE / COLOMBIA
Absolutamente todo
Rubén Orozco

ALFAGUARA / PERÚ
El miedo del lobo
Carlos Enrique Freyre